스타더스트 패밀리

안전가옥
오리지널
21

안세화 장편소설

S★ar dust Family

스타더스트 패밀리

차례

1

패밀리, 정신병원에 갇히다

1

미친 사람은 보통 자신이 미쳤다는 사실을 모른다. 그래서 미친 사람을 돕고자 하는 사람은 각오를 단단히 해야 한다. 불같은 화와 부당한 원성을 견딜 줄 알아야 하고, 간절한 호소와 간곡한 부탁도 뿌리칠 줄 알아야 한다. 간혹 자신이 미치지 않았다는 사실을 증명하기 위해 차분하거나 호의적인 태도를 고수하는 이들도 있는데 이 또한 구별할 줄 알아야 한다. 아무튼 미친 사람을 돕는 건 쉬운 일이 아니다. 하지만 누군가는 꼭 해야만 하는 일이다. 노송해 원장은 수요일 정기 상담을 준비하며 생각했다.

첫 상담자는 시간에 맞춰 등장했다. 긴 머리를 가지런히 빗고 소매가 긴 카디건을 입은 채 나타난 그녀는 시간 약속을 잘 지키는 편이다. 위생 관념도 좋고, 말도 논리 정연하고, 규칙을 이해하는 데 어려움을 겪지도 않는다. 뭘 모르는 사람이 보면 뭔가 오해가 있어서 잘못 입원한 사람처럼 보이기 십상이다. 그렇지만 이 병원에 있는 여든다섯 명의 수용자들 중 잘못 입원한 사람은 단 하나도 없다. 노 원장은 미리 준비해 둔 허브차를 권하며 그녀를 맞았다.

"어서 오세요, 하늬 씨."

하늬는 수줍은 미소를 띠며 원장의 맞은편에 앉았다. 그리고 김이 오르는 찻잔을 양손으로 고이 쥔 채 이어지는 상담에 고분고분 따랐다. 기분이 어때요? 좋아요. 잠은 잘 잤어요? 그럼요. 식사는 입에 잘 맞아요? 훌륭해요. 마치 회사 면접을 보러 온 사람처럼 협조적인 자세로 임했다. 덕분에 원장은 별 고충 없이 진료 기록서를 작성했다. '배하늬'라는 이름표가 붙은 두꺼운 파일에 오가는 대화와 개인적 소견을 적었다. 그 파일 안에는 지난 세월 동안의 상담 내용이 모두 기록되어 있었다. 앞부분에는 지금보다 호전적이었던 병증이 자세히 묘사되어 있었고, 맨 앞 장에는 병명이 쓰여 있었다.

파랑새증후군.

현실에 안주하지 못하고 언제나 새로운 이상을 찾아 헤매는 병적 증상.

이것이 1년 전, 처음 이 방에 발을 들인 하늬에게 원장이 붙인 꼬리표였다. 진단의 근거는 하늬를 이 방까지 데려온 남자가 알려 준 그녀의 커리어였다. 남자의 말에 따르면, 하늬는 대학을 졸업한 직후 스물세 살에서 스물다섯 살까지 2년간 총 열두 개의 직업을 전전했다. 의료 기구 영업 사원, 피부과 코디네이터, 개그맨 매니저, 죽집 사장, 보조 작가, 골프공 다 이버 등등. 업종과 근무 환경을 가리지 않고 기회가 닿는 대로 일했다.

뭐 사실 여기까진 큰 문젯거리가 아니었다. 요즘 세상에 젊은이의 잦은 이직은 치명적인 흠이 아니니까. 조금 과한 면이 있긴 했지만, 하늬의 경우는 학교 울타리를 벗어나 뒤늦게 사회에서 적성을 찾는 케이스로 이해해 줄 만했다. 문제는 그런 넓은 이해심을 가지고 보아도 하늬의 마지막 직업이 지나치게 특수하다는 거였다. 그 직업은 평범한 젊은이가 갖기엔 너무 위험했다. 또한 실체가 모호했다.

원장은 1년 내내 그 존재를 납득할 수 없었던 직업에 대해 언급했다.

"아직도 본인이 그 일을 정말 했다고 생각하나요?"

그러자 이제껏 모든 질문에 협조적으로 답하던 하늬가 돌연 입을 다물었다. 처음 듣는 질문도 아니면서, 사실은 상담 때마다 들어 온 질문이면서 괜히 식은 차를 마시며 시간을 끌었다. 무슨 심경의 변화인지. 원장은 알 수 없었지만 봐줄 생각도 없었다. 그는 질문을 철회하는 대신 구체적으로 다시 물었다.

"여전히 본인이 국정원 스파이였다고 생각하나요?"

그 순간, 탁, 하늬가 소리 나게 찻잔을 내렸다. 그리고 결연한 얼굴로 이렇게 답했다.

"아니요."

드디어 기다리던 답을 들은 원장이 미소를 띠었다. 곧이어 내내 무릎에 두고 쓰던 진료 기록서를 책상에 올려서 하늬가 잘 볼 수 있게 방향을 틀곤 이렇게 적었다.

'차도 없음.'

에라이, 역시 만만치 않네. 하늬는 원장실 밖으로 나오며 생각했다. 아무리 봐도 돌팔이 같은 원장은 어째선지 거짓말만은 기가 막히게 간파했다. 이래서야 절대 못 속이겠는걸? 하늬는 자신의 상태가 나아졌다고 속여 퇴원하겠단 계획을 접었다. 그리고 머릿속으로 다른 계획을 검토하며 긴 복도를 따라 걸었다. 그때 등 뒤에서 낯익은 목소리가 들렸다.

"상담 어땠어?"

돌아보기도 전에 누군지 알 수 있었다. 발소리가 전혀 들리지 않은 것으로 보아 채미나가 틀림없었다. 언제나 까치발을 하고 다니는 그녀는 오늘도 발뒤꿈치를 높이 치켜들고 나타나서 하늬 옆에 섰다.

"시간 낭비였지? 당연히 그랬겠지. 노 원장은 돌팔이니까."

하늬는 그 말에 동의했다. 하지만 내색하지 않았다. 이어질 미나의 말에 장단을 맞춰 줄 자신이 없어서였다. 그러거나 말거나 미나는 기어이 다음 말을 뱉었지만.

"그 인간은 아직도 내가 죽었단 사실을 눈치채지 못했거든. 하루가 다르게 몸뚱이가 썩어 가는데, 어떻게 그럴 수 있지? 심지어 봐. 이렇게 악취까지 나잖아."

미나는 한 팔을 들어 하늬의 앞에 내밀었다. 하늬는 예의상 냄새를 맡았다. 환자복에서 달콤한 섬유유연제 향이 풍겼다. 도대체 무슨 악취가 난다는 건지. 어이가 없었다. 혼자서 무슨 관리를 하는지 나날이 좋아지는 피부를 두고 썩어 간다고 주장하는 것도 어쩐지 열받았다. 하늬가 미나의 이러한 기행을 납득할 수 있는 방법은 하나뿐이었다. 바로 원장처럼 생각하는 것이었다.

"채미나 씨는 코타르증후군 환자예요."

"코타, 뭐요?"

"코타르요. 자신이 이미 죽었거나 죽어 가고 있다고 생각하는 병이죠."

하늬는 언젠가 들었던 원장의 말을 떠올리며 옆에서 죽어라 하고 원장 욕을 해 대는 미나의 말을 무시했다. 그때, 저 멀리 복도 끝을 지나가는 한 남자가 보였다. 너무 멀어 얼굴이 잘 보이지 않았지만 쓰고 있는 중절모로 보아 누군지는 확실했다. 올해 나이 35세의 방호석이었다. 그 역시 미나와 마찬가지로 틈만 나면 원장 욕을 해 댔는데 미나와 차이가 있다면, 그는 35세였던 구한말부터 늙지 않았다고 주장한단 점이었다.

내가 어쩌다 이런 인간들과 같이 살게 되었는지, 하늬는 종종 한탄했다. 그녀가 있는 이곳은 깊은 숲속에 자리한 외딴 정신병원, 특별히 중증 희귀병 환자들을 수용하는 특수 정신병원이었다. 여기엔 자신은 이미 죽었네, 영원히 죽지 않네, 망상하는 미나와 호석 외에도 별 희한하고 해괴한 생각을 하는 환자들이 일흔여덟 명이나 더 있었다. 그들 사이에서 '국정원 소속 비정규 요원'이라는 망상은 애교 수준에 불과했다. 너무 진부하고 식상해서 환자를 까다롭게 받기로 유명한 노 원장이 입원을 허락해 준 것이 신기할 정도였다.

그럼에도 하늬가 이 병원에 1년이나 강제 입원하게 된 데는 한 남자의 입김이 컸다. 그는 국정원 요원이었다. 엘리트 코스를 밟은 진짜 정규 요원. 오래전 어두운 밤, 선팅이 진하게 된 SUV를 타고 병원 마당에 들어선 그는 약에 취해 차 안에서 잠들어 있는 하늬를 가리키며 그녀가 위중한 사칭죄를 저질렀으니 감금 치료를 해 달라고 요청했다. 이에 원장은 즉각적인 반응을 보였다. 에계, 겨우 스파이 망상 환자를? 그러자 남자는 원장의 흥미를 돋울 정보를 하나 던졌다. 하늬의 망상은 혼자만의 것이 아니고 그녀와 똑같이 생각하는 사람들이 더 있다고 말이다. 실제로 그날, 남자의 차에 실려 온 사람은 하늬만이 아니었다. 그녀 말고 네 명이나 더 있었다.

어느덧 긴 복도의 끝이 보였다. 목적지에 다다른 하늬는 천천히 걸음을 늦췄다. 그리고 전방에 나타난 커다란 식당 문을 고갯짓하며 말했다.

"같이 들어갈래?"

그 순간 이제껏 살갑게 재잘대며 따라오던 미나가 갑자기 정색했다.

"아니."

그리고 이런 설명을 덧붙였다.

"죽은 자는 산 자와 함께 밥을 먹지 않아."

하늬는 속으로 '코타르'라고 되새기며 겨우 이해한다는 표정을 지었다. 그러자 미나가 그럼 나중에 보잔 말을 남기고 돌아섰다. 주머니에서 에너지바 하나를 꺼내 덥석 베어 물면서.

아니, 죽은 자는 뭔들 먹으면 안 되는 거 아닌가? 하늬는 순간 따지고 싶었지만, 이내 따져서 뭐 하나 싶어 관뒀다. 그리고 커다란 문을 양손으로 밀어젖혔다.

곧바로 눈앞에 공용 식당의 소란스러운 풍경이 펼쳐졌다. 새하얀 타일 위에 새하얀 식탁들이 열을 지어 배치되어 있고, 새하얀 환자복을 입은 여든 명 정도의 환자들이 식사를 하거나 소동을 벌이고 있었다. 하늬는 문가에 서서 늘 같이 점심을 먹는 이들을 눈으로 찾았다. 이내 6인용 식탁에 모여 있는 그들이 보였다.

할아버지 배원기, 아버지 배순동, 어머니 양희라, 오빠 배하준.

1년 전, 한날한시에 함께 정신병원에 감금된 하늬의 가족. 그들은 3대가 입을 모아 자신은 국정원 스파이였다고 주장한

단 점에서, 웬만한 희귀병 환자에게는 관심을 기울이지 않는 원장의 흥미를 단번에 사로잡은 아주 특별한 가족이었다.

2

"언제부터 온 가족이 스파이가 되길 꿈꿨나요?"

첫 번째 상담에서 원장은 배씨 가족 모두에게 같은 질문을 던졌다. 그리고 모두에게서 다른 대답을 들었다.

"꿈? 꿈 같은 소리 하고 있네. 이보쇼. 내 나이쯤 되면 바라는 꿈은 딱 하나야. 호상. 온몸이 쑤시고 아파 죽겠는데 스파이는 얼어 죽을. 노망이 나지 않고서야 그 짓거리를 자원해서 했겠어? 그것도 가족들이랑? 뭐 이딴 걸 질문이라고 하고 앉았어? 돌팔이 같은 게!"

한 눈에도 성격이 불같아 보이는 원기는 욕설을 섞어 화를 냈고,

"꿈이라. 스파이가 되고 싶단 꿈은 어려서부터 꿨죠. 악당을 무찌르고, 세상을 구해 내고. 생각만 해도 멋지지 않아요?

그렇지만 온 가족과 함께 되길 바란 적은 없어요. 아무래도 위험하잖아요. 제가 지켜야 할 1순위가 우리 가족인데 그들을 위험에 끌어들일 순 없죠."

예의 바른 슈퍼맨 같은 순동은 남다른 가족애를 드러냈고,

"어머, 꿈이요? 질문이 귀엽네요. 확실히 영화를 보고 스파이가 매력적이라고 생각해 본 적은 있어요. 하지만 꿈까진 안 꿨네요. 제가 겁이 좀 많은 편이라. 어두운 것도 싫어하고, 무서운 것도 싫어하고. 뭣보다 치명적인 결격사유가 있거든요. 이건 비밀인데, 전 비밀을 못 지켜요."

말끝마다 까르륵거리던 희라는 상담 시간을 넘겨 가며 수다 꽃을 피워 냈고,

"제 꿈은 하나밖에 없었어요. 배우요. 다음 질문이요."

만사 의욕도, 생각도 없어 보이는 하준은 귀찮은 티를 숨기지 않았고,

"이런 질문을 왜 하시는 거죠? 제 대답에 따라서 뭐가 달라지나요? 다른 가족들은 뭐라고 했어요? 아, 그냥 대답이나 하라고요? 글쎄요. 그런 꿈은 딱히 안 꾼 거 같아요. 가족이랑 함께 일하면 결국 저 혼자 뒤집어쓸 게 빤하니까요. 차라리 처음부터 혼자 일하고 말죠."

가족 안에서 가장 머리가 비상해 보이는 하늬는 다소 시건방지게 대꾸했다.

노 원장은 협업 시 반드시 충돌이 일어날 것 같은 다섯 사

람의 성격을 체크한 뒤, 이들이 과연 얼마나 구체적으로 망상을 공유하고 있는지 알아보기 위해 또 다른 질문을 던졌다.

"언제부터 온 가족이 스파이가 되었나요?"

불행인지 다행인지, 그 질문에는 모두 같은 대답을 했다.

"2년 전이요."

배씨 가족은 그 과정에 대해서도 동일하게 진술했다. 저녁 상을 다 치운 늦은 오후, 무장한 요원들이 집으로 쳐들어왔다고. 이야기는 언제나 그렇게 시작됐다.

"다들 머리 위로 손 들어. 허튼짓 하지 말고 TV 앞에 일렬로 서!"

갑자기 쳐들어온 요원들이 총구를 겨누고 이렇게 말할 땐 선택지가 많지 않다. 하던 일을 멈추고 따르는 수밖에. 실제로 당시 배씨 가족들은 순순히 TV 앞에 섰다. 그러자 잠시 뒤, 누가 봐도 대장으로 보이는 한 남자가 앞으로 나와 두꺼운 철모를 벗고 말했다.

"반갑습니다. 저는 국정원 5과 팀장, 강한위입니다."

정중한 듯 보이지만 고압적인 태도가 고스란히 느껴졌다. 얼어붙은 분위기 속에서 그나마 대화 상대가 될 만한 사람은 한위보다 연장자인 원기뿐이었다. 원기는 궁금한 것이 한두 가지기 아닌 상황에서 가장 시급한 질문부터 던졌다.

"우리한테 왜 이러십니까?"

이에 한위는 숨도 쉬지 않고 답했다.

"이미 아시잖아요."

실제로 가족들은 이미 알고 있었다. 무장한 요원들이 현관 문을 부수며 쳐들어온 순간부터 그들의 방문 목적은 딱 하나, '그 능력'이란 사실을 짐작했다.

배씨 가족이 그 능력을 얻은 것은 약 2주 전이었다. 특별히 작심하여 얻어 낸 건 아니고 우연한 사고로 생겼다. 그날, 가족들이 제일 먼저 한 일은 '회의 소집'이었다. 일찍이 모든 일을 다수결로 결정하는 데 익숙했던 이 민주적인 가족은 특별한 능력과 관련한 사안 역시 저녁 메뉴를 고르거나 새 소파를 사는 일과 마찬가지로 투표로 결정했다. 그리고 만장일치로 이 능력을 비밀에 부치기로 결정했다. 청춘 모험극을 찍기에는 평균연령이 너무 높았던 탓에 지나치게 튀는 능력은 축복이 아니라 저주라는 데 모두 동의한 결과였다. 그런데 실제로 비밀이 잘 지켜지진 않은 모양이었다.

"어떻게 알았어요?"

이미 알고 온 것이 뻔한데 괜히 모르는 척해 봐야 시간 낭비일 뿐이라고 판단한 원기가 대놓고 물었다. 그 타이밍에 아빠 순동과 엄마 희라 그리고 막내 하늬의 눈동자가 슬그머니 장남 하준에게 향했다. 비밀을 발설한 범인이 하준일 가능성이 높았기 때문이다. 하루 종일 집 밖에서 여러 사람들과 어울리는 아파트 경비원 원기, 택시 운전사 순동, 프리랜서 요양사 희라, 개인 사업을 준비하는 하늬가 주변 시선을 피해 무리하게 능력을 썼을 확률보다 스물네 시간 집 안에서 혼자 인터넷 방송을 하는 하준이 카메라를 켠 채 부주의하게 능력을 썼을 확률이 더 높아서였다. 하지만 정작 한위가 내놓은 답은 가족들의 예상과 전혀 달랐다.

"여러분이 메신저 단체방에서 주고받은 내용을 검토하고 알았습니다."

메신저를 검토했다고? 그건 불법 아닌가? 가족들은 방금 들은 이야기가 사실인지 아닌지 판단이 되지 않아 멍청하게 눈만 껌뻑였다. 그도 그럴 것이 만약 사실이라면 국가기관의 불법사찰을 자백한 셈인데, 한위의 태도가 너무 당당해서였다. 심지어 그는 추가 범행을 자랑스럽게 과시하기까지 했다. 5과는 선량한 시민의 안전을 위해서 수단과 방법을 가리지 않는 곳이라나 뭐라나. 그러면서 앞으로 그 일에 배씨 가족이 동참해 주면 좋겠단 뜻을 밝혔다. 여러분의 특별한 능력을 국가 치안을 위해 써 달라고 말이다.

"이건 정식 스카우트 제안이에요."

말을 마친 한위가 뒷짐을 지었다. 그 순간, 뒤에 서 있던 요원들이 일제히 총을 들어 올렸다.

"혹시 생각할 시간이 필요한가요?"

뒷짐 진 한위가 총알 세례를 받기 직전인 가족들에게 물었다. 가족들은 빠르게 서로를 쳐다보며 눈빛으로 의견을 교환했다. 그리고 회의 없이 만장일치로 결정했다.

"아니요. 그 스카우트 제안 받아들이겠습니다."

그날 이후 국정원 5과의 비정규 요원이 된 배씨 가족은 짧은 시간 다양한 임무를 수행했다. 다행히 그 임무들은 그다지 험하지 않았다. 누군가의 생명이나 재산을 해하는 일도 아니었다. 기껏해야 어떤 보안실에서 CCTV 원본을 빼 오거나, 특정 차에 침투해서 블랙박스를 떼 오거나, 누군가의 뒤를 밟아서 동선을 파악하는 정도였다.

한마디로 스파이 행위로 귀결되는 그 모든 임무들을 배씨 가족은 거뜬히 해냈다. 왜 해야 하냐고 따지지 않고, 알 수 없는 상황에 불만을 품지 않고, 그저 묵묵히 성과만 올렸다. 그리고 그 대가로 적지 않은 보수를 받았다.

"세상에. 이거 다 세금 아니냐?"

처음 5성급 호텔 스위트룸에 묵은 날, 거실을 가득 채운 선물들을 보고 원기가 말했다.

"그래서 거절하실 거예요?"

순동이 설마 하는 표정을 지었다. 덩달아 희라와 하준과 하늬도 긴장했다. 그러자 도리어 원기가 실망을 토로했다.

"난 너희들에게 사람 성의를 무시하라고 가르치지 않았다."

역시. 이럴 때 한마음이라 참 다행이라고 생각한 가족들은 선물들을 기꺼이 챙겼다. 그날 이후로도 현금과 고급 서비스를 당당히 받았다. 자본주의사회에서 희소한 능력에 높은 값이 매겨지는 건 당연한 이치이기에. 자신들이 지닌 능력의 값어치를 대강 계산하고 있던 가족들은 좋은 대우를 받는 것을 이상하게 여기지 않았다.

인간은 적응의 동물이라 했던가. 요원으로 활동한 지 단 1년 만에, 일한 만큼의 보상만 받으며 살아오던 가족들은 분에 넘치는 보상에 익숙해졌다. 그리고 잠시나마 능력을 숨기려고 했던 시절을 모두 잊고, 저 사람들 스카우트 안 당했으면 어쩔 뻔했나 싶을 정도로 아낌없이 능력을 발휘했다. 그렇게 영원할 것만 같은 사치와 풍요와 만족 속에서 매일매일을 보냈다. 어느 날, 한위로부터 그 전화가 오기 전까진 말이다.

"어려운 일은 아니에요."

여느 때처럼 도청 방지 전화로 연락한 그가 말했다.

"한 남자의 뒤를 밟아서 목적지를 알아내면 돼요."

짧은 통화를 마친 뒤, 가족들은 늘 그랬듯 가벼운 채비로 출발했다. 타깃인 남자의 사진 한 장만 달랑 들고 현재 그가 있다는 장소로 향했다.

그곳은 인천 시내의 한적한 술집이었다. 얼마나 한적했던지 손님은 타깃인 그 남자가 유일했다. 그 안에 3대가 우르르 발을 들이는 건 아무래도 수상해 보일 것 같았다. 할 수 없이 가족들은 술집에서 꽤 떨어진 편의점에서 감시를 했다. 그래도 아무 문제 없었다.

잠시 뒤, 남자가 술집에서 나와 오토바이를 탔다. 골목골목을 빠르게 지나며 시내에서 멀어졌다. 곧바로 가족들 중 하늬가 앞장서 따라붙었다. 맨몸이었지만 역시 아무 문제 없었다.

한 시간 뒤, 남자가 도착한 곳은 인천 외곽의 문 닫은 지 오래된 상가였다. 문 앞에 오토바이를 세운 남자는 거미줄로 뒤덮인 문을 여는 대신 비교적 깔끔한 미닫이 창문을 열었다. 그리고 주위 동태를 한번 살핀 뒤 창문 안으로 쏙 들어갔다. 머잖아 하늬의 연락을 받고 도착한 가족들이 남자를 따라 줄줄이 상가에 입성했다. 그리고 얼마 안 가 한위가 이번 임무를 맡긴 이유를 눈치챘다. 어두컴컴한 복도부터 이어지는 방까지, 발 디딜 수 있는 모든 곳에 밀수품으로 추정되는 상자들이 가득했기 때문이다.

"많이도 들여왔네. 대체 뭘 이렇게 꽁꽁 숨겨 온 거야?"

원기가 중얼대며 상자 위에 손을 얹었다. 그러자 가족들의 고개가 예민하게 돌아갔다.

"아이참, 아버지. 우린 주어진 임무 외에는 아무것도 하면 안 된다니까요."

"그래요, 아버님. 여기 주소만 알아 가야지, 막 물건에 손대시고 그러면 안 돼요."

순동과 희라가 타이르는 투로 말렸다. 하준과 하늬는 말을 보태는 대신 답답하다는 티를 냈다. 팔짱을 끼고 짝다리를 짚으며, 하여튼 할아버지는 원칙을 너무 무시한다니까, 이래서야 조만간 사달을 내시겠네 같은 생각을 하면서 옆에 있는 상자 더미에 몸을 기댔다. 그 순간, 우르르르 상자 더미가 무너졌다.

"누구야?!"

곧바로 방 안에서 남자의 외침이 들려왔다. 예상치 못한 상황에 기가 찬 가족들은 미처 도망칠 생각도 못 하고 가만히 서 있었다. 그사이에 남자가 복도로 나왔다.

"너희들 뭐야?!"

뜻밖의 침입자를 하나도 아니고 다섯씩이나 마주한 남자는 꽤 흥분한 기색을 보였다. 기껏 상대의 정체를 물어 놓곤 답할 기회도 주지 않은 채 대뜸 무기부터 꺼냈다.

날이 바짝 선 주머니칼이었다.

이거 곤란한데. 가족들이 서로를 쳐다보며 난감하단 표정을 지었다. 남자가 누구에게 달려들든 져 줄 자신이 없어서였다. 저 인간을 해치면 곤란한데. 속말을 삼키며 가족들은 일단 방어 태세를 갖췄다. 그러자 곧 남자가 달려들 상대를 택했다. 늙수그레한 노인네, 물렁살만 가득한 아저씨, 체구 작은 아줌마, 허우대만 멀쩡해 보이는 청년, 삐쩍 곯은 아가씨 중 제일 만만해 보이는 아가씨를 택해 칼날을 겨눴다. 그리고 망설임 없이 달려들었다.

"으아아!"

괴성을 지르며 다가오는 남자를 보며 하늬는 발을 뻗 준비를 했다. 남자가 코앞까지 다가왔을 때 발을 걸어 넘어트릴 게

획으로 온 신경을 집중했다. 하나, 둘, 셋. 숫자를 세며 완벽한 타이밍을 기다렸다. 그리고 바로 그 시점이 왔을 때, 정확히 발을 들어 올렸다.

그런데 그 순간 계획에 차질이 생겼다. 이상하게 발이 들리지 않았다. 보이지 않는 손이 발목을 꽉 붙들고 있는 것처럼 꼼짝할 수 없었다. 뭐 하는 거야? 가족들의 표정이 의아함에서 경악스러움으로 바뀌어 가는 과정을 보면서도 한 발짝도 움직이지 못했다. 다만 가슴에 가까워지는 칼날을 기다릴 뿐이었다. 바로 그때. 타앙- 소리와 함께 하늬를 향해 돌진해 오던 남자가 옆으로 홱 꺾여 넘어졌다. 하늬는 쓰러진 남자가 아닌 그 반대 방향, 그러니까 소리가 난 쪽으로 고개를 돌렸다. 그러자 그곳에 있는 의외의 인물이 보였다. 연기가 피어오르는 총을 들고 있는 남자. 5과 요원 남태성이었다.

어두운 밤, 사방에서 반짝이는 네온사인 덕에 알록달록 빛나는 도로를 SUV 한 대가 빠르게 달렸다. 적막한 차 안, 뒷좌석에 웅크리고 있던 하늬가 천천히 입을 열었다.

"어떻게 된 일인지 모르겠어요."

초점 없는 시선을 아무 곳에나 던진 채 중얼댔다.

"이상하게 몸이 움직이지 않았어요."

어쩐지 변명을 하고 있는 듯 느껴졌지만 사실이었다. 깃털처럼 가벼웠던 발이 위기의 순간 갑자기 무거워져서 말을 들지 않았다. 마치 무언가에 꽉 붙들린 것 같았다. 이미 알고 있는 익숙한 족쇄. 옛 기억을 돌이켜 보면 그 무언가는 중력이 틀림없었다. 하지만 하늬는 그 영향에서 비교적 자유로워진 지 오래였다.

"이상한 건 그뿐만이 아니에요. 아까부터 몸이 축 젖은 느낌이에요. 이건 꼭."

이건 꼭 1년 전과 같아요. 하늬는 그 말을 하고 싶었다. 하지만 할 수 없었다. 그 말인즉 하늬가 특별한 능력을 잃었다는 뜻이었기 때문이다. 확실한 재주 없이, 분명한 적성도 모른 채 이 직업 저 직업을 전전하던 때와 마찬가지로 말이다.

갑자기 어째서? 하늬는 속으로 생각했다. 하지만 짚이는 데가 하나도 없었다. 답답한 심경에 주위를 둘러보자, 자신 못지않게 답답한 표정으로 창밖이나 손끝을 보고 있는 가족들이 보였다. 모두 할 말이 있지만 차마 하지 못하는 얼굴이었다.

그때였다. 운전석에서 전방만 주시하던 남태성이 백미러를 바라보며 말했다.

"괜찮아요."

백미러를 통해 그와 눈을 맞춘 하늬가 물었다.

"뭐가요?"

"지금 무슨 일이 벌어졌든 괜찮다고요. 여러분은 안전할 거에요."

정확히 뭘 알고 하는 소린지 알 수 없었다. 하지만 구체적으로 얘기를 이어 나가긴 싫었다. 아직 능력의 소실이 확실하지 않은데 입방정을 떨고 싶지 않아서였다. 하늬는 그냥 남태성의 말을 믿었다. 그때 그가 운전석 옆 콘솔박스에 놓인 비타민 음료를 눈짓하며 권했다.

"드세요. 힘든 하루였을 텐데."

확실히 오늘은 다른 날보다 힘들긴 했다. 그런 하루의 끝에 청량한 음료가 기분 전환이 될 듯싶었다. 하늬는 냉큼 음료들을 집어 가족들에게 나누어 주고, 자신도 단숨에 마셨다. 곧바로 입안에 달큼한 향이 찼다. 동시에 나른한 졸음이 밀려왔다. 지친 하늬는 창에 고개를 기댄 채 창밖을 봤다. 그대로 검은 하늘을 바라보다 이내 눈을 감았다.

그것이 마지막 기억이었다. 그러니까 자유인으로서 본 도시 풍경은.

다시 눈을 떴을 때 하늬와 가족들은 SUV가 아닌 병원에 있었다. 병실에 갇힌 채 얼빠진 얼굴로 일어난 그들 앞에 이윽고 원장이 나타났다. 드디어 일어나셨네요 하며 다가온 그는 한두 번 해 본 게 아닌 듯 사무적으로 감금 사유를 밝혔다.

"여러분은 스스로를 스파이라 착각하고, 공익에 위해가 갈 수 있는 심각한 범법 행위를 시도하였기에 이곳에 입원하게 됐습니다."

착각? 범법 행위? 입원? 단 몇 개의 단어만으로 배씨 가족은 상황을 파악했다. 현재 그들에게 쓰인 부당한 누명과 지난 밤 남태성이 그들을 속였단 사실을.

차오르는 분노를 느낀 가족들은 당장에라도 달려들 기세로 원장에게 외쳤다. 자신들은 멀쩡하다고. 그리고 직접 이 문제를 해결할 테니 전화 한 통만 하게 해 달라고. 다행히 원장은 그 요구를 순순히 들어주었다. 흰 가운에서 휴대폰을 꺼내 거리낌 없이 주었다. 곧바로 하준이 항상 외우고 다니던 5과의 직통 전화번호를 눌렀다. 하지만 수화기에선 없는 번호라는 음성만 흘러나왔다. 당황한 하준은 곧바로 한위의 개인 휴대폰 번호를 눌렀다. 그러나 역시 없는 번호란 안내만 들렸다. 설마, 하준은 황망한 얼굴로 가족들을 보았다. 그때 원장이 덤덤히 휴대폰을 가져가며 자신이 아는 바를 설명했다.

"여러분을 데리고 온 요원이 그러더군요. 여러분이 깨어나면 5과라는 부서와 강한위 팀장을 찾을 거라고. 그때 꼭 이 말을 전해 달라고 했습니다."

원장은 숨을 한 번 뱉고 말을 이었다.

"국정원에 그런 부서와 사람은 존재하지 않는다고요."

이게 무슨 소리야. 5과와 한위가 없다니? 그럼 이제껏 가족들은 유령이랑 일했단 말이야? 상식적으로 그렇게 생각하긴 어려웠다. 그보단 언제든 사라질 준비가 되어 있던 유령 같은 부서와 사람이 이제껏 배씨 가족의 단물만 쪽쪽 빨아먹다가, 그들의 쓸모가 다하자마자 정신병원에 버리고 사라졌단 쪽이 더 타당했다. 왜 쓸모가 없어졌냐면, 그 이유는 명확했다.

하늬는 시선을 내려 자신의 양발을 보았다. 발가락에 힘을 주었지만 아무 변화도 느껴지지 않았다. 가족들을 보니 그들도 비슷한 변화를 실감 중인 듯했다. 상가에서 몸이 경직됐던 건 사고가 아니었다. SUV에서 불길했던 기분도 기우가 아니었다. 이제는 장담할 수 있었다. 배씨 가족의 특별한 능력은 하루아침에 사라졌다.

3

한때는 특별한 능력을 지녔으나 한순간 그것을 증명할 수
도 되찾을 수도 없게 된 배씨 가족은 스파이에서 정신병자 신
세로 전락했다. 그들이 감금된 정신병원은 수도권 외곽의 깊
은 숲속에 자리했다.

간판도 없고 페인트칠도 벗겨진 짙은 회갈색의 건물 한 채.
너른 마당을 끼고 철조망 담벼락에 둘러싸인 그곳이 배씨 가
족이 여생을 보낼 세상의 전부였다. 외관상 을씨년스럽기 그지
없는 5층짜리 건물은 밖에서 보면 버려진 교도소나 방치된 군
사기지처럼 보였다. 하지만 알고 보면 내부는 딴판이었다.

2층부터 5층까지, 구불구불 미로처럼 연결된 네 개 층에
는 고급 객실 같은 병실과 각종 테마로 꾸며진 공용공간이 있
었다. 식당, 카페, 헬스장, 도서관, 영화관은 물론 수영장과 화

원까지 최신식으로 마련되어 있었다. 오직 한 층, 1층은 환자들의 출입을 엄격히 금했는데 그곳에는 조리실, 연구실, 약품실 같은 공간이 있었다. 수많은 병원 관계자들은 하루에도 몇 번씩 1층을 오가며 환자들에게 최상의 서비스를 제공했다.

일절 홍보를 하지 않아 아는 사람만 암암리에 아는 일개 사설 정신병원이 이 같은 과도한 안락을 보장하는 이유는 단 하나였다. 바로 환자들의 탈출 의지를 꺾기 위함이었다. 강제 입원을 당한 환자들이 다시 사회로 나갈 생각을 하지 못하도록 대놓고 회유책을 쓰는 것이었다.

그렇지만 아무리 부족함 없는 환경이라도, 고작 건물 한 채의 세상에 순순히 만족할 인간은 없을 터. 당연히 배씨 가족도 빤히 보이는 병원의 개수작을 거부했다.

"이제야 은행 집이 겨우 우리 집이 됐는데!"

그들은 10년 동안 십시일반으로 힘들게 대출을 갚은 허름한 아파트로 돌아가려고 안간힘을 썼다. 처음에는 열렬히 퇴원을 요구하다가, 얼마 지나지 않아 성격대로 탈출을 시도했다.

본디 막가파 기질이 있는 원기는 매일 밤 복도를 뛰어다녔다. 쫓아오는 경호원들을 뒤꽁무니에 단 채 병원 곳곳을 누비며 눈에 띄는 문과 창문을 막무가내로 열어 보았다. 붙임성 좋은 순동과 오지랖 넓은 희라는 병원에서 일하는 모든 사람들에게 접근했다. 의사, 간호사, 조리사, 경호원과 친해져서 그들을 매수하려고 노력했다. 본체는 한량이나 작정하고 연기할 때

만큼은 다른 사람이 되는 하준은 각종 상황을 꾸며 냈다. 죽은 척, 아픈 척, 불이 난 척, 싸움이 난 척 온갖 상황을 만들어 혼란해진 틈을 타 도망을 시도했다. 스스로의 지적 능력에 자신 있는 하늬는 직접 증거물을 찾아 헤맸다. 스파이로 활동하던 당시, 방문했던 호텔의 CCTV 영상이나 사용했던 리무진 영수증 등을 확보하기 위해 외부와의 접촉을 타진했다.

그러나 최선의 노력이 언제나 최고의 결과를 보장하지는 않는 법. 실제로 배씨 가족 중 이렇다 할 성과를 낸 사람은 아무도 없었다. 매일 밤 병원의 문과 창문은 철저하게 잠겼고, 병원 직원들은 프로 의식이 철저했으며, 병원 안에서 해결 못 할 상황이란 없었고, 병원 바깥과의 연결은 절대 불가능했기 때문이다.

"아니, 여긴 도대체 어떻게 돼먹은 병원이야?"

원기의 분통은 누가 들어도 수긍 가는 면이 있었다. 확실히 그들이 갇힌 정신병원은 이상했다. 어디서도 듣도 보도 못한 희한한 곳이었다. 가족들은 이런 병원이 외부에 알려지지 않은 채 잘도 운영되고 유지되는 이유를 두 가지로 꼽았다. 2할은 원장의 괴짜 같은 취향이었고 8할은 원장의 막대한 재산이었다.

원장의 부(富)에 대해서는 병원 안에서 여러 소문이 있었다. 개중 가장 유력한 두 가지는 애당초 부잣집 상속자였다는 것과 몇 년 전 해외에서 금지된 실험을 하여 큰돈을 모았단 것이었다. 진실이 어느 쪽이든 현재의 원장은 출처 모를 돈을 아낌없이 병원에만 투자했다. 그리하여 최고의 환경으로 환자들의 탈출 의지를 꺾는 한편, 첨단 감시 시스템으로 물리적 탈출을 막았다. 최소한의 인권을 보장하는 차원에서 대화를 감청하거나 병실을 감시하는 경우는 없었으나, 베테랑 경호원들의 시선과 복도 및 공용공간에 설치한 수많은 CCTV로 모든 환자들의 동태를 끊임없이 추적했다. 따라서 이곳에서 탈출을 감행하는 사람이라면 누구나 시간이 지날수록 하나의 결론에 도달할 수밖에 없었다.

이 병원에서는 절대 탈출할 수 없다.

그 사실을 배씨 가족은 강제 입원 한 달 만에 깨달았다.

한가로운 수요일 오후, 막 정기면담을 마친 하늬가 햇살이 내리쬐는 식탁에 다가갔다. 한창 식사 중이던 순동과 희라가 어서 오라며 맞아 줬다. 원기와 하준은 슬쩍 의자를 옮겨 하늬의 자리를 만들어 줬다. 잠시 뒤 식당 스태프가 도시락을 주고 갔다. 오늘의 메뉴는 돈가스였다.

"돈가스는 집 앞 일식집이 맛있었는데."

하늬가 종이 포크를 꺼내 들며 말했다.

"아직 그대로 있을까?"

그 말에 곧바로 편이 나뉘었다. 순동과 희라는 그런 동네 맛집은 있는 듯 없는 듯 10년은 간다고 주장했고, 원기와 하준은 장사 망하는 건 한순간이라며 1년이면 이미 없어지고도 남았다고 반박했다. 완전체로 모인 배씨 가족 중 하늬의 면담 내용을 궁금해하는 이는 아무도 없었다. 그들의 관심은 오로지 돈가스 맛집 존속 여부에만 있었다. 뒤이어 짜장면 맛집에 대한 얘기가 나왔고, 진정한 맛집이 어디였는지에 대한 짧은 토론이 오가다 점심시간이 끝났다.

"이제 뭐 할 거냐?"

원기가 종이컵에 담긴 물을 마시며 물었다.

"운동하러 가야죠."

"분갈이하는 날이에요."

"낮잠 시간인 거 아시잖아요."

순동, 희라, 하준이 각각 다음 일정을 밝혔다. 어느덧 강제 입원 1년 차에 접어든 그들은 병원 안에서 각자 나름의 소일거리들을 가지고 있었다. 하지만 이것이 곧, 그들이 병원 탈출을 완전히 포기했다는 뜻은 아니었다. 다만, 적응했다는 뜻이었다. 이미 한 차례, 탈출이 쉽지 않다는 사실을 깨달은 탓에 무의미한 투쟁을 계속하느니 때를 기다리기를 택한 것이다.

새로운 돌파구가 생기는 때를.

그때였다. 갑자기 식당 밖에서 누군가가 고함을 질렀다.

"이거 봐. 난 안 미쳤어!"

목소리로 추정컨대 입원한 지 일주일이 안 된 신입 같았다. 그래, 그렇다면 저렇게 한창 악다구니를 쓸 때지. 가족들은 익숙하게 식탁을 치우고 일어났다. 그리고 평소와 다름없이 오후 시간을 흘려보내며 밖에서 들려오는 고함 역시 흘려들었다.

"방해하지 마! 난 여기서 나가고 말 거라고!"

4

수요일 오후 1시, 노란 햇살이 맴도는 도서관 안으로 하늬가 들어왔다. 병원에서의 소일거리로 독서를 택한 보기 드문 환자인 그녀는 곧장 소파로 다가갔다. 그곳엔 어제 읽다 만 소설책이 그대로 있었다. 책을 집어 든 하늬는 바로 독서를 시작했다. 그런데 이상하게 오늘따라 글자가 읽히지 않았다. 그 대신 한 목소리가 재생됐다.

"그거 알아요? 이 병원에서 나간 사람이 아무도 없어요."

일주일 전, 이곳에서 만난 남자가 했던 말.

"탈출한 사람도 없고 퇴원한 사람도 없대요."

뭐 대단한 비밀이라도 알려 주듯 속삭이고 떠난 그는 이 병원에서 가장 우울한 청년이었다. 나이는 고작 하늬나 하준 또래인데 정신은 노인네처럼 닳고 닳아 염세적이었다. 무슨 사연으로 저 지경이 됐는진 알 수 없었으나 아무튼 가까이 지내고 싶은 친구는 아니었다. 그 남자는 사흘 전, 어디선가 구한 칼로 자신의 손목을 그었다. 다행히 생명에는 지장이 없어서 지금은 지하 격리병동에 감금되어 있었다.

'아무튼 사람이 매사에 부정적이면 안 돼.'

하늬는 남자가 발견된 도서관 구석을 보며 생각했다. 난 그렇게 되지 말아야지. 다른 사람의 비극을 교훈 삼는 건 잔인한 일이지만, 가끔은 그렇게라도 스스로 주문을 걸어 둘 필요가 있었다. 솔직히 여기 살면서 부정적인 생각을 아예 안 할 순 없었기 때문이다.

때로는 하늬도 의심했다. 어쩌면 그녀와 가족들은 스스로 미치지 않았다고 주장하는 다른 미친 사람들과 마찬가지로 사실은 미쳤을지도 모른다고 말이다. 모든 의료진이 그렇다 말하고, 한위와 5과의 흔적은 발견되지 않고, 특별한 능력을 지녔던 시절에 대한 기억은 점점 희미해지는 상황에서 충분히 해 봄 직한 의심이었다. 그 의심에 무게를 더하는 추 가운데 이해되지 않는 남태성의 마지막 선택도 있었다.

'그 밤, 남태성은 왜 수면제가 든 음료수를 줬을까? 독이 든 음료수가 아니라.'

잠이 오지 않는 밤이면 하늬는 종종 생각했다. 기왕에 자신들을 처리할 생각이었다면 감금보단 살해 쪽이 나았을 텐데. 왜 잘 훈련된 요원 남태성은 굳이 성가신 선택을 했을까?

그 생각의 끝엔 언제나 이런 물음이 따랐다.

'어쩌면 그는 실존 인물이 아니지 않을까? 우리가 상황에 맞춰, 입맛대로 만들어 낸 상상 속 인물이 아닐까?'

언젠가 하늬는 가족들에게 이런 생각을 공유한 적이 있다. 한 번쯤은 논해 볼 가치가 있다며 식사 자리에서 의견을 구했다. 그때 가족들은 즉각 피드백을 내놓았다. 하늬 못지않은 진지한 태도로, 짜지 않았지만 짠 것 같은 공통된 견해를 드러냈다. "헛소리 말고 밥이나 먹어라." 특별히 엄마 희라는 한마디를 덧붙였다. 그런 쓸데없고 잔인무도한 생각을 할 시간에 책이나 한 자 더 읽으라고 충고했다.

오후 1시 반, 소파에 누운 하늬는 늘어지게 하품을 했다. 부유하는 생각을 잡지 않고 그냥 두었더니 30분이 금세 지났다. 이렇게 계속 생각이 꼬리에 꼬리를 무는 건 그다지 건설적인 상황이 아니었다. 차라리 엄마 말대로 책 한 자나 더 읽는 편이 나았다.

마음을 다잡은 하늬는 내려놓았던 소설책을 도로 들었다. 하지만 마음먹고 읽어도 여전히 집중이 되지 않았다. 소설 속 주인공에게 펼쳐지는 시련이 현재 하늬가 겪고 있는 시련에 비해 시시해서 재미가 없었다. 좀 재밌는 책으로 갖다 두지. 하늬는 누군지 모를 도서관 담당자의 취향을 유감스러워하며 미련 없이 책을 덮었다. 그리고 본래 자리에 돌려놓기 위해 책장으로 향했다. 그때, 불현듯 구석에 꽂힌 책 한 권에 눈길이 갔다.

《파랑새》.

벨기에 극작가 마테를링크가 지은 동화책. 그 책은 언제나 그 자리에 있었다. 그런데 오늘따라 조금 튀어나와 있어 시선을 끌었다. '하필이면'이라고 생각하며 하늬는 미간을 구겼다. 불쾌하게도 자신의 진단명이 연상돼서였다.

파랑새증후군.

처음 이 병에 대한 설명을 들었을 때 하늬는 어이가 없었다. 내가 '현실에 안주하지 못하고 언제나 새로운 이상을 찾아 헤매는 병적 증상'을 가진 환자라고? 하늬는 진단을 내린 노원장에게 적극적으로 맞섰다. 자신은 한 번도 이상적인 직업을 찾은 적이 없다고, 잦았던 이직은 획일화된 교육제도와 불안정한 고용 현실의 합작이었을 뿐이라고 말이다. 하지만 원장은 끝내 하늬의 합당한 반론을 인정해 주지 않았다.

'파랑새증후군 같은 소리 하네. 난 그냥 청년실업의 피해자였는데.'

그 생각만 하면 아직도 종종 화가 나는 하늬는 이미 구겨진 미간을 더 깊이 구겼다. 그리고 갑자기 화를 돋운 문제의 책을 책장에서 뽑았다. 그 책은 출판된 지 10년은 족히 지났는지 표지가 바랬다. 같은 세월의 흔적을 안은 책장들은 노리끼리했다. 하늬는 빠르게 책장들을 획획 넘겼다. 그러자 장마다 그려진 앙증맞은 삽화들이 보였다.

'좀 귀엽네?'

순식간에 마음이 누그러진 하늬는 책장을 넘기는 속도를 늦췄다. 그리고 각 장의 삽화들을 하나하나 눈에 담았다. 그러다 마지막 장에 이르러 눈을 크게 떴다.

파란 깃털의 새.

정식 삽화 옆에 누군가가 크레용으로 그린 낙서가 있었다.

털이 파랗고, 머리에 꽃 달린 짐승.

서투른 솜씨였지만 본 모델의 형상을 짐작케 할 수준은 되었다. 하늬는 그 그림에서 커진 눈을 떼지 못했다. 반가움과 놀라움이 뒤섞인, 좋은 건지 나쁜 건지 분간이 되지 않는 복합적인 기분을 느끼며 잠시 얼어붙은 상태를 경험했다. 1초, 2초, 3초… 시간이 흐르고 마침내 10초가 지났을 때 드디어 몸이 움직이기 시작했다. 기다렸단 듯, 하늬는 책을 들고 도서관 밖으로 뛰쳐나갔다. 동시에 역시 엄마 말을 잘 들어서 손해 볼 일은 없다고 생각했다.

2

패밀리, 탈출을 꿈꾸다

1

믿거나 말거나 배씨 가족의 주장에 따르면, 그들이 털이 파랗고 머리에 꽃 달린 짐승을 만난 건 2년하고도 2주 전 일이다. 평범한 인간과 신비한 존재의 만남이 으레 그렇듯 만남의 장소는 깊은 산속이었다. 그 길은 가족들에게 초행이었다. 가까운 친척 병문안을 마치고 귀가하던 중 우연히 지나게 됐다.

그날 병문안을 한 친척은 원기의 누나 원숙이었다. 집 앞에서 교통사고를 당한 그녀는 두 다리가 댕강 부러져 입원했다. 소식을 들은 배씨 가족은 늦은 저녁 순동의 택시를 타고 한 시간 거리에 있는 대학 병원으로 향했다. 1인실 병실 문을 열자 누워서 휴대폰 게임을 하고 있던 원숙이 맞아 줬다. 어서 오라며, 멀쩡한 두 손을 흔들면서 웃었다.

"지금 웃음이 나와?"

바로 원기가 눈살을 찌푸렸다. 하지만 원숙은 보란 듯 웃음을 거두지 않았다.

"그럼 우냐? 이미 벌어진 일을 어째."

"조심했어야지."

"암만 조심해도 당하는 날도 있는 거야. 너는 일생이 꽃길이라 모르겠지만."

그 말에 원기는 동의할 수 없었다. 공장에서 40년, 아파트 관리실에서 10년을 일하며 온갖 진상들을 상대해 온 그의 인생은 결코 꽃길이 아니었다. 하지만 굳이 누나와 입씨름을 하고 싶진 않았다. 어떤 고충을 말하든 귀여운 투정 정도로 취급할 게 뻔해서였다.

원숙은 배씨 일가 중 가장 파란만장한 생애를 보냈다. 어렸을 때 부잣집 남자의 청혼을 받아 잠시 팔자가 피는 듯했으나 혹독한 시집살이로 고생했고, 와중에 얻은 아들의 총기(聰氣)가 남달라 장래를 기대했으나 유학 중에 웬 총기 난사 사건에 휘말려 사망했고, 슬픔을 잊기 위해 그림을 그렸다가 뜻밖의 재능을 발견해서 화가로 데뷔했다. 이후엔 성공과 실패와 후원과 사기를 번갈아 맛보는 중이었다. 한 사람의 인생에 이 정도로 풍파가 끊이지 않으면 마음이 닦이고 닦여 둥글둥글해지는 모양인지 원숙은 웬만한 일엔 우는소리를 하지 않았다.

"손이라도 멀쩡한 게 어디야."

과연 이번 사고에도 끄떡없는 그녀는 희라가 깎아 주는 과

일을 맛있게 아삭거렸다. 그때 직업 특성상 남들보다 교통사고에 예민한 순동이 물었다.

"근데 고모, 그 밤에 횡단보도도 없는 거리는 왜 건너신 거예요?"

이에 원숙은 대수롭잖게 답했다.

"복권 사러."

"복권이요? 고모가 왜요?"

"왜는. 당첨되려고 사지. 내가 대운이 왔다 갔다 하잖아."

말을 맺으며 원숙이 한 눈을 찡긋했다. 그러자 듣고 있던 원기가 끼어들었다. 돈도 많으면서 욕심부린다고, 괜히 복권 같은 거 당첨됐다가 패가망신하는 사람들 모르냐고 말이다. 하지만 동생의 타박 정도엔 전혀 타격을 입지 않는 원숙이 가볍게 고개를 저었다.

"문제는 일확천금이 아니야. 그걸 쓰는 사람이지. 복권 당첨되고도 잘 사는 사람들이 얼마나 많은데. 누군들 어차피 받을 돈이면 내가 받아서 잘 쓰면 좋잖아?"

따지고 보면 틀린 말은 아니었다. 실제로 원숙은 기부를 삶의 낙으로 삼는 사람이니까. 어디 노름판이나 뒷골목을 전전하는 사람이 당첨되는 것보다야 그녀가 당첨되길 바라는 편이 세상 사람들에겐 더 좋을 터였다.

이런저런 이야기를 나누는 사이 어느덧 날이 저물었다. 창 밖이 어둑해진 것을 확인한 원숙은 가족들에게 이만 가 보라고 권했다. 동시에 지갑을 꺼냈다. 남들에게 인색하지 않은 만큼 가족에게도 관대한 그녀는 시간을 내어 찾아온 남동생, 조카, 조카며느리, 조카손주들을 빈손으로 돌려보내지 않았다. 모두에게 골고루 용돈을 쥐여 주며, 덤으로 인생 팁도 함께 건넸다.

"꽃길 같은 너희 인생에 앞으로 어떤 기막힌 길이 펼쳐지든 사이좋게 잘 헤쳐 가라."

가족들은 감사 인사와 함께 용돈을 챙겼다. 그러나 팁은 슬쩍 흘렸다. 어차피 만날 때마다 토씨 하나 틀리지 않고 반복해 들은 해묵은 소리였기 때문이다. 비슷한 이유로 운전 조심해서 돌아가라는 상투적인 말 역시 흘려들었다. 하지만 병원을 나선 지 얼마 안 되어 가족들은 깨달았다. 마지막 말만큼은 새겨들었어야 했음을 말이다.

달 없는 깊은 밤, 순동의 택시가 굽이진 흙길을 지났다. 내비게이션의 안내에 따라 지름길인 줄 알고 들어선 흙길이 30분째 끝없이 이어졌다. 뒤늦게 가족들은 무언가 잘못되었다는 걸 눈치챘지만 돌아가긴 무리였다. 돌아갈 길이 없어서였다. 할 수 없이 계속 직진을 하다 보니 흙길은 곧 산길과 이어졌다. 그대로 순동의 택시는 깊은 산속으로 들어갔다.

암흑이 드리운 산속 오솔길에 한 줄기 빛이 비쳤다. 곧게 뻗은 헤드라이트 불빛이었다. 그 빛을 따라 털털털, 택시가 이동했다. 숲속 동물을 모조리 깨울 기세로 시끄럽게 존재감을 과시하며 꾸물꾸물 앞으로 나아갔다.

잠시 뒤, 참다못한 원기가 한마디를 했다.

"좀 조용히 갈 수 없냐?"

순동이 안타까운 목소리로 대꾸했다.

"길이 험해서 어쩔 수 없어요."

그때 희라가 깜깜한 창을 보며 불길한 표정을 지었다.

"저기서 갑자기 곰이 튀어나오거나 하진 않겠지?"

곧바로 하준이 엄마를 안심시켰다.

"엄마. 곰 보기가 그렇게 쉽지 않아. 차라리 들개나 멧돼지나 뱀이 현실적이지."

희라의 표정이 한층 더 불안해졌다.

"걔네도 나오면 안 되는 거 아니냐?"

하늬가 하준을 째려보며 나섰다.

"괜찮아, 엄마. 뭐가 나오든 상관없어. 어차피 우린 차 안에 있으니까."

그 말에 부응하듯 순동이 큰소리를 쳤다.

"그럼. 내가 최대한 빨리 갈 테니 다들 걱정 말라고."

그리고 발에 힘을 빡 주었다. 그런데 그 순간, 갑자기 택시가 우뚝 멈춰 섰다.

어? 당황하는 순동에게 원기가 한심하단 눈빛을 보냈다

"아범아, 브레이크가 아니라 액셀을 눌러야지. 넌 택시 운전사가 그걸 헷갈리면 어떡하냐?"

이에 순동이 억울한 목소리를 냈다.

"안 헷갈렸어요."

그리고 다시금 액셀을 빡 눌렀다. 하지만 택시는 여전히 움
직이지 않았다. 단 한 바퀴도 더 굴러가지 않은 채, 그대로 산
한복판에 눌러앉았다.

"왜 이러지?"

순동이 운전대를 잡은 채 고개를 갸웃했다.

"내려서 살펴봐야죠."

하늬가 정답을 말했다. 곧바로 가족들은 누가 먼저랄 것도
없이 차 문을 열었다. 다행히 택시가 멈춰 선 이유는 바로 밝
혀졌다. 앞바퀴가 날카로운 물건에 물려 퍼져 있었다. 한순간
에 바퀴를 작살낸 그 물체의 정체는 덫이었다. 토끼나 두더지
따위를 잡기엔 지나치게 큰 감이 있는, 사용 자체가 불법인 듯
한 곰덫이었다.

"저런 게 왜 여기 있지?"

휴대폰 플래시로 덫을 비춘 하준이 불길한 목소리로 말했
다. 바로 그때, 어디선가 메아리 같은 짐승의 울음소리가 터져
나왔다. 정체도 모르면서 가족들은 본능적으로 어깨부터 움
츠렸다. 잠시 뒤, 제일 먼저 정신을 차린 하늬가 속사포처럼 제
안했다.

"빨리 스페어타이어로 교체해요!"

그 말을 신호탄으로 가족들이 일사불란하게 움직이기 시작했다. 트렁크에서 스페어타이어와 공구를 꺼내고, 퍼진 타이어를 차체에서 빼내 다 같이 들어 옮겼다. 그런데 그때, 갑자기 주변 덤불이 눈에 띄게 들썩였다. 눈치채지 못하기엔 꽤 크게 들썩인 탓에 가족들은 하던 일을 멈추고 덤불에 시선을 고정했다. 그러자 곧바로 안에서 사사삭 소리가 났다. 이를 통해 가족들은 두 가지를 유추할 수 있었다. 하나는 덤불 안에 확실히 어떤 짐승이 있다는 것이고, 다른 하나는 소리로 미루어 짐작건대 짐승의 크기가 작으리란 것이었다. 기껏해야 다람쥐나 너구리 정도일 확률이 컸다.

"그냥 무시해도 되지 않을까요?"

하준이 제안했다. 하지만 원기가 반대했다.

"다람쥐라면 그래도 되지만, 너구리라면 곤란해. 괜히 나와서 달려들면 골치 아프다고. 걔들은 광견병을 옮기니까. 재수 없게 걸리면 약도 없어."

그 말에 동의한 하늬가 다른 제안을 했다.

"먹을 걸 던져 주면 우리한테 관심 끊고 저 안에 있지 않을까요?"

제법 괜찮은 해결책이라고 생각한 순동이 바로 행동에 옮겼다. 천천히 차로 이동해서 희라의 가방을 꺼낸 뒤, 병원에서 싸 온 남은 과일들을 꺼내 덤불 너머로 던졌다. 그러자 한 번 더 덤불 안에서 사사삭 소리가 나더니 이내 잠잠해졌다.

"갔나?"

희라가 고개를 갸웃했다. 어쩐지 폭풍 전야 같은 기운이 느껴져, 완전히 마음을 놓지 못한 채 추이를 살폈다. 그리고 얼마 안 가 그 예감이 적중했음을 알아차렸다. 덤불 속에서 순동이 준 과일들을 홀라당 먹은 짐승이 덤불 밖으로 훌쩍 튀어나왔기 때문이다. 녀석의 정체는 다람쥐나 너구리가 아니었다. 들개나 멧돼지나 뱀도 아니었다. 심지어 곰도 아니었다. 그보다 더 최악이었다.

"저게 뭐야?"

하늬는 넋 나간 얼굴로 짐승을 바라봤다. 크기가 사자만하고 털이 파란 네발짐승. 녀석의 정수리에는 마치 한 가닥의 더듬이처럼 한 줄기의 꽃송이가 달려 있었다. 조그맣고 샛노란 그 꽃은 녀석이 콧김을 뿜어내는 동안 허공에서 대롱대롱 흔들렸다.

실제로는 물론 책이나 TV나 인터넷에서도 듣도 보도 못한 짐승이었다. 하늬는 녀석을 뚫어져라 관찰했다. 다른 가족들도 마찬가지였다. 너무 낯설어서 위험한지 아닌지에 대한 판단조차 유보한 채 그저 신기해할 뿐이었다. 그래서였을까.

그 짐승이 커다란 발을 한 번 구르고 달려드는 순간, 배씨 가족은 철저한 무방비 상태였다. 짐승의 쩍 벌어진 입이 코앞까지 다가온 순간에야 겨우 원기가 외쳤다. "우리 과일은 다 처먹고 배은망덕하게!" 그것이 이승에서의 마지막 말이라 생각하며 하늬는 눈을 꼭 감았다. 휘몰아치는 바람을 온몸으로 느끼면서 다음 생에도 지금 가족들과 함께라면 좋겠다고 생각했다. 그리고 얼마 뒤 천천히 눈을 떴을 때, 그녀는 여전히 이번 생에서 가족들과 함께였다. 멀쩡히 서 있는 그들 주위에 한바탕 폭풍이 지나간 듯 흙먼지가 휘날렸다.

2

수요일 오후 2시. 제주도 카페 감성으로 꾸며진 휴게실에 하늬가 입장했다. CCTV의 감시에서 최대한 떨어진 테이블에 앉은 그녀는《파랑새》책을 펼치고 말했다.

"어떻게 생각해요?"

그러자 호출을 받고 미리 모여 있던 가족들이 책장을 보고 답했다.

"맞는 거 같아."

파랑새의 마지막 책장을 장식한 그림. 누군가 크레용으로 끄적인 그 그림은 선이 삐뚤빼뚤하고 칠도 들쭉날쭉했지만 무엇을 형상화하려 했는지만큼은 분명했다. 오래전 깊은 산에서 마주한 그 짐승이 틀림없었다.

"대체 이놈은 뭐야?"

원기가 눈살을 찌푸리며 물었다. 그 말에 가족들은 아무도 답하지 못했다. 짐승과 처음 만난 이후 2년이 지났지만 여전히 녀석에 대해 아무것도 몰랐다. 이름이 뭔지, 어디서 왔는지, 뭘 먹고 사는지 짐작조차 안 됐다. 지금보다 자유로웠던 시절, 열심히 백과사전을 뒤지고, 인터넷을 검색하고, 야생동물 전문가를 찾아가 보았지만 딱히 수확이 없었다.

현재 가족들이 짐승에 대해 아는 것은 딱 하나. 녀석에게 범상찮은 능력이 있단 것뿐이었다. 왜냐하면 녀석이 가족들을 삼키듯 통과하고 지나간 다음 날부터 가족들에게 심상찮은 변화가 생겼기 때문이다.

가장 먼저 변화를 느낀 사람은 원기였다. 평소처럼 아파트에서 근무하던 그는 쌓여 있는 택배 박스를 치우면서 박스에 박스를 더해도 깃털에 깃털을 더한 것만큼 가볍게 느껴지자 회춘했다며 흥분했다. 두 번째는 순동이었다. 택시 안에서 혼자 라디오를 듣던 그는 어느 순간 누군가와 자연스레 잡담을 나눈 뒤, 상대가 차 안에 들어온 거미였단 사실을 깨닫고 급브레이크를 밟았다. 세 번째는 희라였다. 요양병원 병실에 있던 그녀는 아버지 요양비 문제로 다투는 삼 형제가 못마땅해 고개를 절레절레 젓다가 자신의 몸에서 퍼져 나간 꽃가루가 그들을 맥없이 쓰러트리는 광경을 목격하고 소리를 질렀다. 네 번째는 하준이었다. 느지막이 기상해서 라면 물을 끓이던 그는 실수로 끓는 물을 허벅지에 쏟고 후후 입김을 불다가 눈앞에서 상처가 사라지는 현상을 보며 입을 떡 벌렸다. 마지막은 하늬였다. 아침 일찍부터 비즈니스 영어 모임, 요가 모임, 사업 스터디 모임을 끝내고 다음 모임 장소인 댄스 아카데미를 향해 달려가던 그녀는 어쩌다 보니 자신이 자동차보다 빠르게 달렸음을 깨닫고 사색이 됐다.

이같이 배씨 가족은 같은 날, 다른 장소에서 제각각 초능력을 발휘했다. 원기는 괴력을, 순동은 다른 종과의 소통을, 희라는 수분(受粉)을, 하준은 치유를, 하늬는 달리기 능력을 말이다. 그리고 이 모든 능력을 통틀어 이렇게 생각했다.

'산에서 쓰기 좋은 능력이네.'

과학적으로 입증할 순 없지만, 가족들은 산중에 사는 털이 파랗고 머리에 꽃 달린 짐승의 신비로운 능력이 자신들에게 일부 전이되었다고 짐작했다. 그런 짐작은 가족들 전원의 오감이 탈인간 수준으로 향상되었단 사실을 확인한 순간 확신으로 바뀌었다. 하루아침에 원치 않게 초능력자가 된 가족들은 그날 바로 회의를 소집했다. 그리고 만장일치로 다음과 같은 결정을 내렸다.

"이 능력은 비밀에 부치도록 하자."

지나치게 튀는 능력이 외부에 알려지면 마지막엔 생체실험을 당할 게 뻔하단 추론에서 나온 결정이었다. 나아가 가족들은 한 가지 약속을 더 했다.

"이 능력이 어떻게 생겼는지도 비밀로 하자."

지나치게 튀는 능력의 출처가 외부에 알려지면 깊은 산에서 수년인지 수천 년인지 모르게 잘 살아왔을 짐승의 마지막 또한 포획과 생체실험으로 얼룩질 것이 빤했기 때문이다. 배은 망덕한 줄 알았는데 알고 보니 보은이 확실했던 그 짐승의 편안한 여생을 위해, 가족들은 장차 무슨 일이 생기든 입을 다물기로 합의했다.

　"그런데 어떻게."

　하준이 《파랑새》 책을 집어 들고 가족들을 향해 물었다.

　"이 책에 이놈이 그려져 있는 거지?"

　오래전, 가족들이 맺었던 약속들 중 첫 번째는 진즉에 깨졌다. 국가기관의 사찰에 의하여. 하지만 두 번째만큼은 이후로도 굳건히 지켜졌다. 스파이로 활동하던 당시, 가족들은 능력의 출처에 대해 모르쇠로 일관했다. 그냥 자고 일어났더니 생겼다고 우겼다. 병원에서도 같은 질문에 같은 답변으로 응수했다. 의료진에게는 물론 친하게 지내는 어떤 환자에게도, 심지어 꿈에서조차도 짐승에 대해선 발설하지 않았다. 그런데 녀석의 형상이 병원 소유의 책에 그려져 있다는 건? 모두를 대변해 하늬가 말했다.

　"우리 말고 이 짐승을 본 사람이 병원 안에 있다는 거지."

　그 순간 일제히 가족들의 입꼬리가 올라갔다.

　"드디어 생겼네. 돌파구가."

3

그거 알아요? 이 병원에서 나간 사람은 아무도 없어요. 탈출한 사람도 없고 퇴원한 사람도 없대요.

만일 얼마 전 우울한 남자가 했던 말이 사실이라면, 탈출의 새 장을 열어 줄 '문제의 목격자'는 여전히 병원 안에 있을 터였다. 혹시 그자가 가족들보다 '그 짐승'에 대해 더 많이 알고 있다면 능력을 되찾을 방법도 알지 모른다. 그 덕분에 능력을 되찾기만 한다면 이까짓 정신병원을 나가는 건 일도 아니다. 이렇게 계산을 마친 배씨 가족이 할 일은 명확했다.

'한시라도 빨리 《파랑새》 책에 그림을 그린 사람을 찾을 것.'

평소와 다름없어 보였지만 사실은 상당히 다른 어느 수요일 오후 3시, 배씨 가족은 접선할 타깃 리스트를 나눠 들고 뿔뿔이 흩어졌다.

발길 닿는 대로 병원을 수색하던 가족들 중 가장 먼저 타깃을 발견한 사람은 원기였다. 그의 타깃은 중정에 조성된 화원 벤치에 앉아 싱그러운 꽃과 나무를 보며 시간을 죽이고 있었다. 아직 입원한 지 한 달이 안 되어 하루가 멀다 하고 "난 여기서 나가고 말 거야"라며 난동을 피우는 61세 남성 권재우였다.

과연 저놈이 제대로 말이나 할 수 있나? 걱정하며 원기는 슬쩍 벤치 근처로 다가갔다. 그러자 기척을 느낀 재우가 천천히 고개를 들었다.

"무슨 일이시죠?"

다행히 목소리가 차분한 것이 대화를 나누기 어려운 상태 같지는 않았다. 원기는 서둘러 일을 해치우기 위해 재우의 옆에 앉아 용건을 밝혔다.

"별일은 아니고, 물어볼 게 하나 있는데."

아니, 밝히려고 했다. 하지만 하지 못했다. 재우가 말을 끊어 버리는 바람에.

"잠시만요."

손을 들어 올려 대화를 중단한 재우는 손 모양을 요상하게 바꿔 보이며, 자신은 무슨 일이 벌어지든 이 동작을 계속해야 하니 이해해 달라고 양해를 구했다.

"그래, 그래요. 마음대로 하고. 그보다 물어볼 게 있는데."

원기는 아무래도 상관없단 티를 내며 서둘러 용건을 뱉으려 했다. 그렇지만 또 할 수 없었다. 한껏 미안한 얼굴로 재우가 다시 발언권을 가져갔기 때문이다.

"죄송합니다. 저도 무례하게 굴고 싶지 않은데, 어쩔 수 없어요. 저주를 받아서."

그리고 자연스럽게 묻지도 않은 자기 얘기를 시작했다.

"작년 이맘때까지 전 평범한 회사원이었어요. 정년을 앞두고 정시 출퇴근을 하며 단조로운 나날을 보냈죠. 그러던 어느날, 퇴근길에 못 보던 서점을 발견했어요. 30년이 넘게 매일 지나가던 길인데 여태까지 몰랐다는 게 신기하더라고요. 그래서저도 모르게 안으로 들어갔죠. 안에는 오래된 책들이 가득했는데 대부분 한자나 아랍어로 쓰여 있더군요. 하나도 읽을 수가 없어서 그냥 나가려는데 그 타이밍에 주인 할머니가 나왔어요. 아흔은 족히 돼 보이는 분이었는데 대뜸 이건 어떠냐고 책 한 권을 주시더라고요. 그나마 그건 한글로 쓰여 있었는데, 어쩐지 안 사기가 뭐해서 만 원을 주고 사 버렸어요. 그리고 집에 와서 책을 펼쳤는데 첫 장에 웬 주문을 외면서 손동작을 따라 하라는 문장이 있었어요. 별생각 없이 따라 해 봤죠. 그럴 수 있잖아요? 진짜로 아무 생각 없이 따라 했어요. 그리고 다음 문장을 읽었는데 이렇게 써 있더군요. 지금부터 이 손동작을 계속하지 않으면 주변에 재앙이 내릴 거라고요."

여기까지 말한 재우가 심각한 표정을 지었다. 그런 그를 더 심각하게 보며 원기가 물었다.

"그걸 믿었어요?"

재우는 이런 부정적인 반응이 놀랍지 않다는 듯 친절히 대꾸했다.

"당연히 안 믿었죠. 그런데 손동작을 멈추자마자 갑자기 지진이 난 것처럼 집이 흔들리지 뭐예요? 손동작을 다시 하니까 잠잠해지고, 멈추면 또 흔들리고. 그러니 어떡하겠어요? 계속하는 수밖에. 다음 날, 문제를 해결하려고 책을 샀던 서점으로 갔는데 그곳은 이미 사라지고 없더라고요. 집으로 돌아왔더니 그새 책도 사라졌고요. 그렇게 꼼짝없이 저주에 걸려서 전 계속 이 손동작을 하게 됐어요. 그날부터 지금까지 1년 내내요."

"잘 때도요? 그때는 못 할 거 아니에요?"

"그게 의식이 없을 때는 저주도 봐주나 봐요. 이상하게 괜찮더라고요."

당당하게 궤변을 늘어놓은 재우는 보란 듯이 손 모양을 바꿨다. 그런 그를 보며 원기는 하마터면 그냥 자리를 뜰 뻔했다. 하지만 다행히 그 전에 재우가 원기의 용건을 상기시켰다.

"참, 그런데 저한테 뭐 물어볼 게 있다고 하지 않으셨어요?"

그제야 정신을 차린 원기는 벼르던 질문을 뱉었다.

"아, 맞아. 혹시 그쪽이 도서관 《파랑새》 책에다가 그림 그렸어요?"

그러자 재우가 고개를 저었다.

"아니요. 그런 적 없는데요. 그렇지만 그림 하니까 떠오르는 일은 있어요. 제가 옛날에."

그 순간, 원기가 자리를 박차고 일어났다. 그리고 깜짝 놀란 재우를 뒤로한 채 앞만 보며 성큼성큼 벤치에서 멀어졌다.

그 시각, 순동과 희라도 타깃을 찾았다. 그들의 타깃은 옛날 프랑스풍으로 꾸민 카페에서 홀로 티타임을 즐기고 있었다. 언제나 몸단장을 바르게 하고, 부드러운 말씨를 쓰고, 홍차와 쿠키를 즐겨 먹는 46세 여자 윤정희였다. 순동과 희라는 평소 친분이 있던 정희에게 자연스레 다가갔다. 그러자 그들을 발견한 정희가 살포시 미소를 띠며 맞아 주었다.

"어서 와요. 차 한잔하기 좋은 오후죠?"

그러면서 대답을 듣기도 전에 여분의 플라스틱 찻잔에 모락모락 김이 오르는 차를 졸졸 따랐다. 원래 그림에 대해서만 묻고 떠날 계획이었던 순동과 희라는 차마 그러지 못하고 얼결에 자리에 앉았다. 그렇게 반강제로 티타임이 시작되자 정희가 찻잔을 건네며 말했다.

"이렇게 다 같이 모이는 건 오랜만이네요."

오랜만이라니. 전혀 사실이 아니었다. 세 사람은 바로 어제도 함께 티타임을 가졌기 때문이다. 그런데도 정희가 '다 같이'라며 이 모임을 기꺼워할 이유는 하나밖에 없었다. 이 자리에 세 사람 외에 한 사람이 더 있기 때문일 터였다.

"남편분이 돌아오셨나 봐요?"

희라가 떠보자 정희가 고개를 끄덕였다.

"네, 어젯밤에 창문 틈새로 들어왔어요."

이렇게 대꾸하며 시선을 식탁 위에 놓인 둥그런 샤워볼로 옮겼다. 아마도 그 샤워볼이 수저, 치약, 머리끈, 브래지어에 이어 순동과 희라가 다섯 번째로 만나는 정희의 남편인 듯했다. 두 사람은 최대한 정중하게 샤워볼을 향해 인사를 건넸다.

"오랜만이에요. 잘 지내셨어요?"

그러자 묵묵부답인 샤워볼을 대신해 정희가 활짝 웃으며 대답해 주었다.

"잘 지냈대요. 다시 봐서 반갑대요."

순동과 희라가 아는 한, 살면서 단 한 번도 결혼한 적이 없는 정희는 자신이 18년 전 도깨비와 결혼했다고 주장했다. 당시 결혼을 약속했던 남자에게 배신당하고 목을 매러 올라갔던 산에서 자신을 구해 준 산도깨비와 말이다. 정희의 말에 따르면, 그 도깨비는 산을 지킬 의무가 있어서 병원에서 함께 살 수 없단다. 그 대신 종종 자신을 찾아온다고 했다. 다른 인간들에게 본모습을 보이면 안 되기 때문에 매번 다른 물건으로 변신한 채.

순동과 희라는 샤워볼을 사랑스럽게 쓰다듬는 정희를 보며 그녀가 제정신을 차리는 것이 좋을지 아닐지 잠시 생각했다. 하지만 뭐가 됐든 그들은 그녀의 판타지를 깰 생각이 없었다. 망상 속에서라도 오늘의 그녀가 행복하길 바라며 자신들의 용건만 챙겼다.

"그런데요, 정희 씨. 혹시 도서관 《파랑새》 책에다가 그림 그린 적 있어요?"

순동이 묻자 정희가 깜짝 놀랐다.

"책에 그림을요? 아니요. 그건 공공 기물 파손이잖아요. 그러면 안 되죠."

역시나 예상한 반응대로였다. 순동과 희라는 그러면 안 된다는 말에 동의하고, 책에 흥미로운 그림이 있길래 그냥 한번 물어봤다고 했다. 그러자 정희가 혹시 남편이 병원을 오가며 그런 짓을 한 '범인'을 봤을지 모르니 알아보겠다며 샤워볼에 시선을 고정했다.

"어때요? 본 적 있어요?"

정희의 입에서 질문이 나가는 순간, 순동과 희라의 시선도 샤워볼로 향했다. 그렇게 세 사람은 잠시 숨을 죽이고 마법의 수정구라도 들여다보듯 샤워볼을 주시했다. 하지만 얼마 안 가 정희가 정적을 깨고 고개를 저었다.

"아니요. 못 봤다고 하네요."

그제야 순동과 희라는 샤워볼에서 시선을 뗐다. 그리고 이상하게 힘주고 있던 어깨 근육을 풀며 잠시나마 뭘 기대한 건지 허무해했다.

그때쯤 한창 여유를 부리며 돌아다니고 있던 하준도 타깃을 발견했다. 그의 타깃은 이국적인 분위기가 물씬 풍기는 명상실에 혼자 있었다. 조명이 어둡고 향내가 가득한 그곳에서 가부좌를 튼 채 눈을 감고 있었다. 흑단 같은 긴 생머리를 허리까지 늘어뜨린, 병원이 아닌 대학에 있었더라면 제법 인기가 있었을 예쁘장한 22세 여자 신아름이었다.

하준은 명상 중인 그녀를 방해하지 않기 위해 문턱 너머에서 잠시 기다렸다. 그러자 오래지 않아 아름이 감았던 눈을 천천히 뜨고 나직한 목소리로 말했다.

"기다렸어."

그녀의 환영 인사를 듣고 하준이 방 안으로 들어갔다.

"내가 올 줄 알았어?"

아름은 대답 대신 고개를 끄덕였다. 큰 표정 변화 없이, 왜 당연한 걸 묻냐는 듯이.

그녀는 늘 이런 식이었다. 자신은 미래를 보거나 저주를 내릴 수 있다고 주장하며 세상만사에 초월한 것처럼 굴었다. 태어날 때부터 그랬던 건 아니고 고등학교 1학년 때 학교 운동장에서 벼락을 맞았다 깨어난 이후로 능력이 생겼다고 했다.

하준은 스스로를 예언자 또는 파괴자라고 믿는 아름의 앞에 쭈그려 앉아 물었다.

"내가 왜 왔는지도 알아?"

이번에도 아름은 대답 대신 고개를 끄덕였다. 그리고 까만 눈으로 하준을 빤히 응시했다. 눈 한 번 깜빡이지 않고, 눈빛으로 속을 꿰뚫으려는 듯이. 하준은 잠자코 그 시선을 받으며 시간을 가늠했다. 그러다 족히 1분은 지났다고 생각될 무렵, 아름의 눈에 맺힌 눈물을 보고 먼저 백기를 들었다.

"혹시 네가 도서관 《파랑새》 책에 그림 그렸어?"

그제야 아름은 흐르는 눈물을 닦으며 뻔뻔하게 말했다.

"그걸 물어볼 줄 알았어."

하준은 따져 묻기 귀찮아서 대답만 재촉했다.

"그렸어? 아니야?"

"아니야."

"그럼 누가 그렸는지 알 수 있어?"

"아니."

아름은 명료하게 덧붙였다.

"난 과거는 알 수 없거든."

이렇게 나온다면 더 이상 할 말이 없었다. 하준은 미련 없이 자리에서 일어났다. 그리고 들어올 때 그랬듯 나갈 때도 인사 없이 문가로 향했다. 그런데 그때, 내내 앉아만 있던 아름이 갑자기 따라 일어났다. 그리고 막 문을 나서려는 하준을 향해 말했다.

"그렇지만 미래는 알 수 있어."

하준이 고개를 돌렸다. 그 순간.

"넌 다음 달에 죽어."

아름이 속삭였다. 갑자기 저주에 가까운 예언을 들은 하준은 잠시 아름을 바라봤다. 하지만 역시 따져 묻긴 귀찮다고 판단하여 웃으면서 인사치레했다.

"알려 줘서 고마워."

4

수요일 밤 10시. 소등을 알리는 사이렌 소리가 병원 전체에 울렸다. 2층부터 5층까지 병원 곳곳에 퍼져 있던 환자들이 일제히 고개를 들어 올렸다. 그들은 별 저항 없이 하던 일을 관두고, 잘 훈련된 병정들처럼 비척비척 각자의 병실로 향했다.

오직 한 사람, 3층 복도에 선 하늬만이 꼼짝도 하지 않았다. 그녀는 혼자서만 사이렌 소리가 들리지 않는 다른 세상에 있는 사람처럼 선 자리에서 한 발도 떼지 않았다. 덧붙여 손에 쥔 종이에서도 시선을 떼지 않았다.

조금 전 그녀는 종이에 적힌 리스트 중 아래쪽에 있는 이름 두 개를 지웠다. 까치발로 잘도 뛰어다니는 미나를 붙들고 책 속 그림에 대해 물어보자 그녀는 살아서나 죽어서나 도서관엔 일절 발을 들이지 않는다고 답했다. 마침 두 사람의 곁을

스쳐 지나가는 호석을 붙들고 같은 질문을 던지자 비슷한 답이 돌아왔다. 그 역시 경성에서나 한양에서나 범을 잡으러 다니면 다녔지 책이 있는 곳엔 가지 않았고 지금도 마찬가지라고 했다.

그럼 도대체 그 그림은 누가 그린 거야?

하늬는 온통 가위표가 쳐진 종이를 보며 한숨을 쉬었다. 조금 번거롭긴 해도 열심히 발품을 팔면 금방 진실에 닿을 수 있을 줄 알았는데, 하루 종일 뛰어다녀도 별 소득이 없었다. 그렇게 무용한 시간을 보낸 사람은 하늬만이 아니었다. 다른 가족들도 마찬가지였다. 저녁 식사 시간에 식당에 모인 원기, 순동, 희라, 하준은 어쩐지 다른 날보다 기죽은 얼굴로 나쁜 소식을 전했다. 각자 맡은 환자들을 모두 만나 보았지만 그림을 그렸다고 자처하는 이는 아무도 없었다고 말이다. 이쯤 되면 이런 생각도 들었다.

혹시 이 병원에 우리가 모르는 환자가 있나?

배씨 가족은 이곳에서 탈출하거나 퇴원한 환자가 없다는 가정하에 리스트를 짰다. 하지만 어쩌면, 죽은 환자가 있을지도 몰랐다. 만일 《파랑새》 책에 그림을 그린 사람이 마지막으로 자신의 흔적을 남기고 모종의 이유로 죽어 버렸다면.

그다음은 상상하고 싶지 않았다. 기껏 열린 줄 알았던 돌파구가 다시 닫혀 버리는 셈이니까. 하늬는 깊어지는 생각만큼 더 깊이 미간을 구기며 점점 고민의 늪으로 빠져들었다. 그때, 갑자기 들려온 한 목소리가 그녀를 현실로 건져 올렸다.

"무슨 생각 해요?"

깜짝 놀란 하늬가 퍼뜩 고개를 들었다. 그러자 코앞에서 말을 건 남자가 보였다. 평소 원장의 뒤를 그림자처럼 쫓아다니는 이 병원의 보안 팀장 박무솔이었다. 190센티미터가 넘는 거구인 그는 하늬를 수상하단 눈으로 내려다보며 그녀가 들고 있는 종이를 고갯짓했다.

"그게 뭐예요?"

이미 종이를 숨기기엔 늦었다고 판단한 하늬는 차라리 대놓고 내보이며 답했다.

"그냥 종이예요."

"환자들 이름이 적혀 있는데요?"

"아, 그게, 아까 이 환자들이랑 게임을 했거든요."

일단 아무 말이나 뱉은 하늬는 속사포처럼 거짓말을 이어 갔다.

"제가 만든 게임인데 여러 명이서 숨고 찾고 이름을 지우고 뭐 그렇게 하는 거예요. 룰이 복잡해서 설명하기 어려워요. 이 병원에 할 일이 없어서 참 별짓을 다 하게 되네요."

그러면서 괜히 어색하게 하하 웃었다. 하지만 무솔은 따라 웃지 않았다. 정색한 얼굴로 하늬를 내려다볼 뿐이었다. 눈치껏 웃음을 거둬 들인 하늬는 아까부터 계속 들려왔지만 내내 무시하고 있던 사이렌을 문득 자리를 뜰 핑계로 삼았다.

"그럼 소등 시간이라, 전 이만."

이렇게 말을 맺고 서둘러 몸을 틀어 복도 저편으로 향했다. 걷는 내내 무솔의 따가운 시선이 뒤통수에 느껴졌지만 행여라도 잡힐세라 돌아보지 않았다. 이 병원에서 그와 부딪혀서 좋을 게 하나도 없단 걸 알았기 때문이다. 재빨리 복도 끝에 당도한 하늬는 속도를 늦추지 않은 채 코너를 돌았다. 그러자 바로 눈앞에 긴 어둠이 펼쳐졌다.

"어?"

순간 당황한 하늬는 발끝에 힘을 주고 걸음을 늦췄다. 갑자기 시야를 잠식한 어둠이 낯설고 불편하게 느껴졌다. 하지만 그것 때문에 당황한 건 아니었다. 소등이 끝난 복도에 빛이 없는 건 당연하니까. 하늬의 발길을 세운 건 예상치 못한 빛이었다. 그 빛은 한 방에서 새어 나오고 있었다. 거리로 짐작건대 도서관이 틀림없었다.

어두운 복도를 지나 도서관에 다가가자 열린 문 틈새로 새어 나오는 빛이 또렷해졌다. 발소리를 죽이고 더 가까이 다가가자 문틈으로 등 돌린 한 사람이 보였다.

'누구지?'

하나같이 새하얀 옷을 입고 사는 개성 없는 환자들 가운데 뒤통수만 보고 그가 누군지 알아채기란 쉽지 않았다. 체격으로 보아 남자란 것밖엔 알 수 없었다. 하늬는 잠시 서서 그를 보았다. 그러자 기적을 느낀 그가 뒤를 돌았다. 얼마 전 이곳에서 자살을 시도한 남자 서이안이었다.

"여기서 뭐 해요?"

눈이 마주친 순간 하늬가 물었다.

"자기 전에 읽을 책을 고르고 있었어요."

이안은 갑작스러운 하늬의 등장에 전혀 놀라지 않았다. 너무 태연하게 굴어서 그의 답이 진실인지 아닌지 헷갈렸다. 하지만 뭐, 굳이 진실 여부를 따지고 싶진 않았다. 만일 그가 또다시 자살을 시도할 생각으로 이곳에 있었다면 CCTV 너머의 보안팀이 진즉에 출동했을 것이기 때문이다. 한 번이야 기습적으로 당했다지만 설마 두 번이나 당하겠는가. 그런데도 그들이 아직 오지 않았다는 건 이안이 하늬와 마찬가지로 소등 끝난 건물을 잠시 배회하고 있었을 뿐이라는 얘긴데, 보안팀도 가만있는 마당에 하늬가 그 이유를 알아낼 필요는 없었다. 그보다 그녀가 알고 싶은 건 따로 있었다.

하늬는 환자복 주머니에 손을 찔러 넣었다. 손끝에 환자들 이름이 적힌 종이가 닿았다. 그 종이엔 아직 가위표가 쳐지지 않은 유일한 이름, 서이안이 적혀 있었다.

대체 이 인간을 언제 어디서 만나 일을 마무리하나 고민이었는데 마침 마주쳤으니 지금이 적기였다. 갑자기 찾아온 기회에 흥분한 하늬는 경호원들이 퇴실을 권고하러 오기 전에 자세한 설명과 맥락을 건너뛰고 물었다.

"혹시 그쪽이《파랑새》책에 그림 그렸어요?"

그 순간, 이안의 표정이 미묘하게 바뀌었다. 너무 미묘해서 긍정인지 부정인지 알 수 없었다. 하지만 어쨌든 동요를 하긴 했다. 하늬는 잠자코 답을 기다렸다. 그러자 하얀 긴 목을 매만지며 한참 생각을 정리한 이안이 이렇게 답했다.

"아니요."

아, 뭐야. 하늬는 육성으로 터질 뻔한 소리를 겨우 참았다. 아니, 아니면 아닌 거지 뭘 저렇게 생각을 해. 김이 빠진 그녀는 짤막이 알겠다고 대꾸하고 돌아섰다.

그런데 그때, 이안이 혼잣말처럼 이상한 소리를 중얼댔다.

"어쩌면 격리병동에 있는 누군가가 그렸을지도 몰라요."

격리병동? 그 단어에 꽂힌 하늬가 멈칫했다.

격리병동이라면 병원 지하에 있는 특수한 구역이었다. 가본 적은 없지만 교도소보다 삼엄한 감금 시스템을 갖추었단 얘긴 들었다. 창문 없는 독방 몇 채만이 드문드문 떨어져 있다고 말이다. 하지만 평소에 사용되는 장소는 아니었다. 원칙적으로 그곳엔 폭력성 있는 환자만 머물게 되어 있는데, 이 병원은 애초에 그런 환자를 잘 안 받기 때문이다.

하늬가 알기로 최근에 격리병동에 들어갔다 나온 사람은 자살을 시도한 이안이 유일했다. 그나마도 안전 차원에서 며칠 머무른 것이지 그곳에 내내 머무르는 환자는 없었다. 아니, 그런 줄 알았다. 그런데 아니란 말이야?

"거기 다른 환자가 있어요?"

하늬가 큰 목소리로 물었다. 그러자 이안이 아까보다 빨리 생각 없이 답했다.

"네. 분명히 누군가 있었어요."

3

첫 번째 미션: 잠입

1

　　반년 동안 배씨 가족은 탈출을 꿈꾸며 온 병원을 누볐다. 하지만 격리병동만은 관심에서 배제했다. 1층을 지나쳐 지하로 내려갈 이유가 없을뿐더러 기껏 가 봐야 비어 있는 창고 같은 공간에 갇힐 뿐이라고 여겨서였다. 하지만 지금은 사정이 달라졌다.

　　일반 병동에서 찾을 수 없는, 어쩌면《파랑새》책에 그림을 그렸을지 모르는 누군가가 그곳에 존재할지도 모른단 이야기를 전해 들은 배씨 가족은 당장에 확인해 보기로 했다. 그래서 지하로 잠입하기 위한 새로운 작전을!

　　뭐 하러 세우겠는가. 격리병동은 몰래 가기가 힘들 뿐, 이 아처럼 대놓고 자살 시도를 하면 알아서 이동시켜 주는 곳인데. 가족들은 골치 아프게 잠입 작전을 짜는 대신 조만간 자살 소동을 거하게 벌이기로 뜻을 모았다.

하지만 이것도 말이 쉽지. 막상 실행하려니 쉽지 않았다. 아무리 안락한 환경과 필요한 물품을 제공해 준다고 해도 이곳은 특수 정신병원. 자살을 시도할 만한 도구를 어디서도 찾을 수 없었기 때문이다. 모든 식기는 종이 재질이었고 여가 용품은 어린이용뿐이었다. 종이칼이나 4세용 가위를 들고 소동을 벌여 봐야 꼴만 우스워질 뿐 극적인 효과를 줄 수 있을 리 만무했다. 며칠 동안 그럴싸한 자살 도구를 찾아 헤맸지만 결국 문제를 해결하지 못한 배씨 가족은 진즉에 이 문제를 해결한 사람에게 자문을 구하러 갔다.

"대체 그쪽은 어디서 칼을 구해서 손목을 그은 거예요?"

유난히 화창한 오후, 중정 벤치에서 날아가는 새들을 구경하고 있던 이안에게 다가가 묻자 그는 순순히 답을 주었다.

"간호사에게 달라고 했어요."

"그러니까 그냥 줬어요?"

"네. 그녀는 리마증후군 환자였거든요."

"리마요?"

"인질범이 인질에게 동정심을 느끼고 호감을 보이는 병적 증상인데. 특별히 한 간호사가 저에게 잘 대해 주길래 혹시나 해서 부탁해 봤죠."

그 말을 들은 가족들은 각기 다른 생각을 했다. 원기는 역시 최고의 능력은 준수한 외모라고 생각했고, 하준은 자신도 다른 간호사를 꼬셔 볼까 생각했고, 순동과 희라는 그런 프로 의식 떨어지는 간호사가 누구였을지 궁금해하며 물었다.

"그 간호사 이름이 송희 씨 맞나요?"

"아님 나은 씨?"

그때 하늬가 나서서 질문을 바꿨다.

"누군들. 그 간호사한테 칼을 다시 부탁할 수 없어요? 잠깐 만 쓰겠다고."

그러자 이안이 고개를 저었다.

"안 돼요. 그녀는 지난주에 해고당했거든요."

뭐 당연하다면 당연한 결과였다. 병원에서 자살 시도가 벌 어진 마당에 노 원장이 같은 일이 반복되도록 손 놓고 있었을 리 만무하니 말이다.

이안과의 이 대화를 끝으로 배씨 가족은 자살 도구를 찾 는 일을 깔끔히 포기했다. 그 대신 생각을 전환했다. 직접 자 살 도구를 만드는 쪽으로. 마침 이런 일엔 머리가 잘 돌아가는 하늬의 뇌리에 쓸 만한 물건 하나가 스쳤다.

"어쩌면, 그거라면 가능할지도 몰라."

하늬는 이 문젠 자신이 알아서 해결할 테니 그동안 다른 문제를 처리해 두라며 특별히 한 사람에게 눈길을 줬다. 다른 가족들의 시선도 일제히 그 사람에게 꽂혔다. 그러자 지목받 은 장본인, 하준이 귀찮은 내색을 하며 마지못해 끄덕였다.

"내 전공이니까 어쩔 수 없지."

맨 처음 자살 소동 얘기가 나왔을 때부터 소동을 벌일 사람은 하준으로 낙점되었다. 지난 1년간 자살은커녕 자해조차 해 본 적 없는 배씨 가족 중 한 사람이 갑자기 죽을 결심을 했다고 믿게 만들기 위해서는 미리 밑밥을 좀 깔 필요가 있는데, 그럴 만한 연기력을 갖춘 사람이 하준뿐이었기 때문이다.

"어디 쓸 데도 없던 재주를 여기서 다 쓰네."

매사에 의욕 없고, 자주 나른해지며, 귀찮은 일은 질색인 하준은 이상하게 다른 사람의 탈을 썼을 때만큼은 정말로 다른 사람이 된 것처럼 활력이 넘쳤다. 그래서 20대 내내 한 우물만 팠다. 여러 극단을 전전하고 숱한 오디션에 도전했다. 하지만 열망과 성공은 별개인지라 이렇다 할 성과를 거두진 못했다. 결국 20대 끝자락에 하준은 인생은 뜻대로 흘러가지 않는다는 정언을 가슴 깊이 새기고 다시는 연기를 하지 않겠다고 다짐했다. 그로부터 1년도 지나지 않아 갑자기 초능력을 얻고, 국정원 스파이가 되고, 기상천외한 정신병원에 갇혀서 졸지에 자살 시도를 연기하게 될 줄은 꿈에도 모르고 말이다.

역시나 인생은 뜻대로 흘러가지 않는단 사실을 다시금 상기한 하준은 자신에게 주어진 비련의 주인공 역에 빠르게 몰입했다. 바로 다음 날부터 원장과의 면담 시간에 인생 연기를 펼쳤다.

"원장님. 제가 여기서 얼마나 버틸 수 있을지 모르겠어요."

수심에 찬 얼굴로 첫 대사를 뱉은 하준은 다음 대사들도 줄줄 뱉어 냈다.

"가끔은 이런 생각을 해요. 이대로 청춘의 꽃이 다 시들기 전에 차라리 먼저 떨어져 버리는 게 낫겠다고요. 어쩌면 제가 사라져 버리는 편이 모두에게 더 좋을지도 몰라요."

하준의 갑작스러운 태도 변화에 원장은 성급하게 이러니저 러니 말을 붙이지 않았다. 그 대신 '배하준' 명찰이 붙은 파일 에 뭔가를 빠르게 적어 내려가며 복잡해진 생각을 드러냈다.

일단 이 정도면 빡빡한 원장에게선 소기의 성과를 거뒀다 고 생각한 하준은 원장실을 나온 후부터 본격적인 생활 연기 를 펼쳤다. 원장보다 속여 먹기 쉬운 의료진과 경호원들이 있 는 곳에서 친분 있는 환자에게 이런 소리를 중얼댔다.

"나는 죽어서 거름이 되는 편이 나아. 그러면 최소한 이 병 원 주변에서 자라는 나무들에겐 쓸모 있는 존재가 될 테니까. 안 그래?"

처음 그 소리를 들은 환자들은 무슨 소리를 하는 거냐며 손사래 쳤다. 따뜻한 위로의 말도 아끼지 않았다. 하지만 며칠 동안 비슷한 패턴의 대화가 반복되자, 멀리서도 하준만 보이 면 슬금슬금 자리를 옮기기 시작했다.

본디 우울은 전염성이 강하여 말하는 사람 못지않게 듣는 사람 또한 우울하게 만드니까 환자들이 이런 반응을 보이는 건 당연했다. 단 일주일 만에 병원에서 하준을 보고 피하지 않는 환자는 딱 한 명만 남았다. 원래 우울할 대로 우울했던 이안만이 끝까지 곁에 남아 장단을 맞췄다.

"그래요. 저도 그런 생각을 자주 해요."

그는 하준보다 더 죽상을 지으며 주절댔다.

"있잖아요. 매일 얼마나 많은 나무들이 베이는지 알아요? 100년이 넘게 한자리를 지켜 오다가 고작 단 하루, 인간의 편의를 위해서요. 이건 정말 불공평하지 않나요? 이런 생각이 들면 저는 막 가슴이 답답해져요. 그렇지만 다른 사람들은 아닌 거 같아요. 그럼 또 이런 생각이 들어요. 모르고 짓는 죄는 죄가 아닐까? 만일 어떤 사람이 죽어서 베인 나무와 살해된 돼지와 길 잃은 새와 아사한 북극곰에 대한 죗값을 치르기 위해 지옥에 떨어진다면 억울해할까? 그 억울함은 과연 온당할까? 이런 문제들에 대해 하준 씨는 어떻게 생각해요?"

그럴 때마다 하준은 언제나 똑같은 생각을 했다.

'이 인간하고는 가능한 멀리 지내야겠다.'

하지만 차마 그 생각을 솔직히 말할 수 없어서 그냥 잘 모르겠다며 웃었다. 그 웃음이 점점 옅어지다 못해 사라질 때쯤, 다행히 가족들에게서 통보가 왔다. 소동을 벌일 준비를 모두 마쳤으니 대기하라고 말이다. 드디어 이안과의 불편한 나날을 끝내게 된 하준은 잃었던 웃음을 되찾았고 인생에 다시 없을 연기를 펼칠 각오로 디데이를 기다렸다.

2

대망의 디데이, 이변 없이 하준은 약속된 시간에 정해진 장소로 나갔다. 저녁 식사가 한창인 월요일 오후 6시에 식당 앞 헬스장으로 말이다.

그 시간 그 장소엔 예상대로 아무도 없었다. 빈 헬스장에 발을 들인 하준은 각본대로 움직였다. 우선 안에서 잠기지 않는 문을 막기 위해 역기 기구를 끌어와 문 앞에 세웠다. 다음으로 CCTV 너머에서 자신을 보고 있을 보안팀을 의식하며 세상 다 산 표정을 한 번 지었다. 그리고 마지막으로 환자복 주머니에서 리볼버를 꺼내듯 비장하게 자살 도구를 꺼냈다.

그것은 길다란 분홍색 끈이었다.

당연하게도 병원에서는 뾰족하고 날카로운 물건 못지않게 긴 끈 역시 찾아보기 어려웠다. 밧줄이나 노끈은 존재하지 않았고 그나마 눈에 띄는 전선줄도 모두 고정되어 있었다. 가족들이 건네준 길다란 분홍색 끈 역시 처음부터 그 형태는 아니었다. 원래는 둘둘 말린 샤워볼 형상이었다. 정확히는 정희가 애지중지하는 샤워볼이었다.

며칠 전 자살에 쓸 만한 도구로 그 물건을 떠올린 하늬는 가족들에게 의견을 공유했다. 그때 원기는 과연 괜찮은 아이디어라며 화색을 띠었다. 하지만 어째 순동과 희라는 미적지근한 반응을 보였다. 그들은 정희가 남편으로 여기는 샤워볼을 훔치는 것은 비인간적인 행위 같다며 딸의 인간성을 염려했다. 이에 원기가 어이없어하며 말했다.

"아들한테 목매달 연기를 시키려는 너희가 지금 인간성을 논하는 거냐?"

그래도 순동과 희라는 의견을 굽히지 않았고 네 사람 사이에 불화가 생겼다. 그 불화가 걷잡을 수 없이 커지기 전에 진화될 수 있었던 건 순전히 우연이었다. 때마침 정희가 남편이 이제 산으로 떠났다며 때 묻은 샤워볼을 쓰레기통에 내던져 버린 것이다. 역시 잘될 일은 시기적절하게 풀린다고 속 편하게 생각한 가족들은 언제 불화가 있었냐는 듯 금세 한마음이 되어 쓰레기통을 뒤졌다. 그리고 겨우 찾아낸 샤워볼을 한밤중에 이불 속에서 올올이 풀어 무사히 하준의 손에 건넸다.

그리하여 자살에 진심이란 성의를 보일 수 있게 된 하준은 길다란 분홍색 끈을 천천히 턱걸이용 철봉에 걸었다. 그때 문밖에서 달음박질 소리가 들려오기 시작했다. 하준은 점점 커져 오는 그 소리에 귀 기울이며 느긋하게 매듭을 만들고 자신의 목을 걸었다. 바로 그때, 쾅! 소리와 함께 문이 발칵 열렸다. 애당초 문을 막기엔 어림도 없었던 역기 기구가 뒤로 확 밀려나고 흥분한 경호원 세 명이 안으로 뛰어들어 왔다.

"배하준, 뭐 하는 거야!"

그들은 순식간에 달려와 하준을 끌어안았다.

"이거 놔!"

하준은 마음에도 없는 소리를 하면서 철봉에 달린 끈을 꽉 붙잡았다.

"이런 건 또 언제 만든 거야? 지랄도 정성스럽게 하네."

몰려온 이들 중 가장 계급이 높은 경호원이 중간에서 끈을 가로챘다. 그리고 하준이 더 이상 허튼짓을 하지 못하도록 바닥에 눕히고 제압했다. 그때 드러누운 하준의 시야에 수많은 사람들이 보였다. 바로 앞 식당에서 식사를 하다가 고함을 듣고 구경 온 환자들이었다. 하나같이 흰옷을 입은 사람들이 문 앞에 옹기종기 뭉게구름처럼 모여들었다. 생각보다 빨리 형성된 인파를 확인한 하준은 일부러 더 고함을 질렀다.

"이거 놓으라고! 당신들이 무슨 권리로 이러는 거야!"

이렇게 외치며 목청을 높이자 덩달아 구경꾼들의 웅성거림도 커졌다. 심지어 다른 구역의 경호원들도 자리를 이탈하고 몰려왔다. 그러자 높은 계급의 경호원이 당황하며 동요했다.

얼마 전에 자살을 시도한 이안은 도서관에서 조용히 일을 벌였는데 하필 하준은 모든 환자들을 자극하며 공개적으로 난리를 피우니, 그로서는 빨리 상황을 잠재울 필요가 있었다. 그래서 두 번 생각하지 않고 병원 방침에 따른 명령을 내렸다.

"빨리 격리병동으로 데려가."

명령을 들은 다른 두 경호원이 하준을 거칠게 일으켜 세웠다. 볼썽사납게 양팔이 잡힌 하준은 누구 마음대로 자신을 끌고 가냐며 이거 놓으라고 발악을 했다. 하지만 거친 입과 달리 두 발로는 순순히 그들을 따랐다. 구경꾼들이 양옆으로 갈려 만들어진 사잇길을 걸으며, 구경꾼들 틈에 끼어 있는 가족들을 향해 슬그머니 승리의 눈빛을 보냈다.

그런데 하준이 걸음을 옮기던 바로 그때, 모든 것이 순조로운 이 상황에 전혀 반갑지 않은, 어쩐지 재를 뿌릴 것만 같은 한 사람이 나타났다. 이 병원에 있는 모든 경호원들의 고용인이자 이 병원에서 일어나는 모든 일들의 책임자인 원장이 맞은편에서 걸어오며 말했다.

"배하준 씨를 그냥 놔주세요."

두 경호원은 일단 걸음만 멈춘 채 하준을 놓지 않았다. 그러자 원장이 다시 한번 말했다.

"배하준 씨는 오늘 죽지 않을 테니 그냥 놔주세요."

그제야 두 경호원은 하준의 팔을 놓았다. 그때 구경꾼들의 맨 뒤에 서 있던 아름이 조그마한 목소리로 속삭였다.

"그렇지. 오늘은 아니지."

그 소리를 끝으로 복도에 정적이 찾아왔다. 뜻밖의 상황에 당황한 하준은 잠시 우물쭈물하다 이내 큰소리를 쳤다.

"제가 오늘 안 죽는다니, 확실해요? 아니면 원장님이 책임 지실 거예요?"

그 물음에 원장은 여유롭게 답했다.

"그럼요. 책임지죠."

그리고 보란 듯이 주머니에서 칼을 꺼내 하준의 발치에 던 졌다. 아니, 이런 상황은 각본에 없었는데. 하준은 난감해하며 어정쩡하게 칼을 집어 들었다. 하지만 다음으로 뭘 더 어찌하 지 못하고 곁눈질로 가족들을 보았다. 그 눈빛에서 분명하게 구조 요청을 읽은 가족들은 어떻게든 도와주려고 머리를 굴 렸다. 그러나 이런 상황을 진즉에 예측하지 못한 건 모두 마찬 가지라 누구 하나 빠르게 나서지 못했다.

잠시 복도에 어색한 기류가 흘렀다. 매초 시간이 지날 때 마다 승기는 명확하게 원장 쪽으로 기울었다. 이대로라면 배 씨 가족이 작정하고 준비한 소동은 실패로 돌아갈 것이 자명 했다. 짙은 패색을 감지한 하준은 자포자기한 얼굴로 칼을 떨 어뜨렸다. 칼이 타일에 부딪히며 날카로운 금속성이 복도에 울 려 퍼졌다. 쨍그랑. 바로 그때, 잠잠하던 구경꾼들 사이에서 날 선 고함이 튀어나왔다.

"당신 미쳤어?"

그 고함은 순식간에 복도의 분위기를 바꿔 놓았다. 이제껏 원장과 하준만을 주시하고 있던 구경꾼들의 시선이 단번에 다른 환자에게 옮겨 갔다. 그러거나 말거나 막 고함을 내지른 장본인인 재우는 씩씩거리며 다시 한번 소리쳤다.

"여기 있는 사람들 죄다 죽으면 당신이 책임질 거야?"

그러면서 손가락을 들어 정확히 한 사람을 가리켰다. 뭐야, 지금 누구에게 얘기하는 거야? 하며 호기심 가득한 얼굴로 도리질을 하고 있던 원기를 콕 지목했다. 그 순간, 모든 환자들의 시선이 재우에게서 원기에게로 옮겨 갔다. 그제야 자신이 지목당했음을 눈치챈 원기가 어리둥절한 표정으로 말했다.

"나?"

이에 재우는 그렇다며, 원기가 아닌 원장에게 상황을 설명했다. 방금 저 인간이 소란을 틈타 일부러 자신을 밀쳐서 손동작을 멈추게 했다고 말이다. 그 말을 듣고 급속도로 분이 차오른 원기는 누가 뭐라 하기 전에 빠르게 반박했다.

"아니, 이 양반이 무슨 말 같잖은 소리를 하는 거야? 난 아무 짓도 안 했어!"

하지만 복도에 있는 사람들은 하나같이 못 믿겠단 얼굴을 했다. 그리고 잠시 뒤, 하준을 잡았던 두 경호원이 성큼성큼 원기에게 다가가 그의 양팔을 덥석 잡았다.

3

사방이 시멘트 벽으로 둘러싸인 작은 방 한복판에서 원기가 소리쳤다.

"이 망할 영감탱이야!"

10분 전, 경호원들의 손에 이끌려 이곳에 온 후부터 쉬지 않고 목청을 높였다.

"내가 여기서 나가면 그 손모가지부터 부러트릴 거야!"

그래도 분이 풀리지 않았다. 아무리 생각해도 억울했다. 원기는 일부러 재우의 손동작을 멈추게 하지 않았다. 인파에 떠밀려 뒤에 있던 그를 실수로 쳤는데 그때 손동작이 꼬인 재우가 괜히 흥분해서 모함한 거다. 그런데 그 모양새가 어찌나 격렬했는지 악귀 들린 사람이 따로 없었다. 악을 쓰고 눈을 뒤집고 발버둥을 쳐 대서, 여러 명의 경호원들이 들러붙어도 진정시킬 수 없었다. 할 수 없이 그 자리에 있던 원장이 특별 조치를 내렸다. 두 사람을 당분간 분리하라고 말이다.

그 결과, 두 사람 중 재우가 아닌 원기가 이곳으로 끌려오게 됐다. 아니, 내가 왜? 난리를 피운 사람은 따로 있는데, 내가 왜? 원기는 억울함에 몸서리치며 현재 이 상황은 부당한 처사이자 인민재판의 결과라고 생각했다.

그래 뭐, 감금이 결정되기 전, 많은 환자들이 증언하긴 했다. 평소 원기가 재우를 자주 욕하고 다녔다고. 그건 사실이었다. 원기는 말 많고 탈 많은 재우가 싫어서 기회가 생길 때마다 그의 뒷말을 하곤 했다. 하지만 그래서 뭐? 자랑은 아니지만 원기는 재우뿐 아니라 많은 환자들의 뒷말을 하고 다녔다. 그건 그냥 고약한 습관 같은 거였다. 그런데 고작 그런 이유로 늙은이를 가두다니. 잔뜩 성이 난 원기는 있는 힘껏 외쳤다.

"이건 바깥세상에선 상상도 못 할 일이야! 돌팔이 같은 것들아!"

그리고 가쁜 숨을 헉헉 몰아쉬었다. 아무래도 10분 넘게 끊임없이 고함을 질렀더니 슬슬 체력의 한계가 느껴졌다. 원기는 천천히 심호흡을 거듭하며 흥분을 가라앉혔다. 어차피 화를 낼 만큼 내서 더 화도 안 나던 참이었다. 그때쯤 서서히 주변이 의식되기 시작했다. 현재 그가 있는 곳은 지하 격리병동 내 독방 중 하나였다.

의도한 바는 아니지만 어쨌든 목적한 곳에 들어오게 된 원기는 생각했다. 이곳에 얼마나 머물지는 몰라도 기왕 있는 동안에 가능한 많은 정보를 취해서 나가자고. 그래서 마음을 다잡고 주변을 둘러보았다.

독방 안 풍경은 단출했다. 창문 없는 한 평짜리 방에 침대하나, 세면대 하나, 변기 하나가 놓인 게 전부였다. 웬만한 감옥도 이보다는 사정이 나을 듯했다. 유일하게 바깥과 연결되는 철문은 굳게 닫혀 있었고 안에서 열 수 있는 손잡이는 없었다. 그 문은 심지어 식사 시간에도 열리지 않는지 하단에 식판을 받을 수 있는 배식구가 따로 있었다. 원기는 발로 배식구를 슬쩍 밀어 보았다. 하지만 그마저도 평소엔 잠겨 있는 듯 밀리지 않았다.

"생각보다 살벌하네."

원기는 삐걱거리는 침대에 걸터앉아 이 방에 들어오기 전에 보았던 병동 복도를 떠올렸다. 그 또한 살풍경이긴 마찬가지였다. 냉기가 감도는 통로가 미로처럼 연결되어 있고, 문패나 호수가 붙어 있지 않은 철문들이 멀찍이 떨어져 자리했다. 통로 사이사이엔 다른 통로로 쉽게 넘어가지 못하도록 쇠창살문까지 세워져 있었다.

"왜 이리 살벌하게."

원기는 문득 사시사철 햇살이 가득한 병원 건물 지하에 이런 음침한 공간이 있었단 사실에 기이함을 느꼈다. 이윽고 천천히 침대 옆 시멘트 벽에 귀를 갖다 대어 보았다.

4

사흘 뒤 원기를 제외한 배씨 가족은 다른 날보다 일찍 기상했다. 각자 병실에서 깔끔히 몸단장을 하고, 깨끗한 옷을 갖춰 입은 뒤, 휴게실 앞에서 만나 사이좋게 이동했다. 그리고 1층과 연결되는 철통같은 철문 앞에 섰다.

사흘 전 온 가족이 계획한 자살 소동이 실패로 돌아가려는 찰나, 기지를 발휘한 원기가 일부러 재우를 공격해 스스로 격리병동에 들어간 거라고 철석같이 오해한 그들은 원기의 용기에 깊은 감명을 받았다. 그래서 사흘 내내 그의 행적을 치하하다가, 마침내 그가 돌아오는 날 개선장군을 맞이하는 선량한 시민처럼 감사와 존경의 마음을 담아 마중을 나왔다.

철컹.

오래지 않아 두꺼운 철문 너머에서 설레는 소리가 들렸다.

잠금장치가 풀리는 소리였다. 이윽고 천천히 문이 열리더니 두 명의 경호원과 함께 기다리던 영웅이 나타났다.

조금 수척해진 원기가 문턱을 넘었다. 그때 가족들은 일제히 환한 웃음을 보였다. 특별히 하준과 하니는 손뼉까지 쳤다. 그런데 어째선지 원기의 반응이 시큰둥했다. 평소 같으면 무슨 영문인지 몰라도 일단 즐기고 봤어야 하는 그인데. 가족들의 환대가 오해에서 비롯되었다는 걸 안 뒤에도 시치미를 떼며 생색을 냈어야 하는 그인데. 이상하게 굳은 표정을 풀지 않았다. 그러더니 표정만큼이나 심각한 목소리로 말했다.

"조용한 곳으로 가자."

그 즉시 배씨 가족은 도서관으로 이동했다. 오전에 환자들의 출입이 거의 없어서 가장 조용한 그곳으로 우르르 몰려갔다. 가는 내내 원기는 아무 말도 하지 않았다. 그 모습에 긴장감이 고조된 다른 가족들은 도서관에 들어서기 무섭게 문가에서 추궁을 시작했다.

"자, 이제 말씀해 보세요. 아버지."

특별히 순동이 나서서 물었다.

"무슨 일인데 이러세요? 혹시 안에서 《파랑새》 책에 그림 그린 사람을 만나신 거예요?"

조심스럽게 던져진 질문에 원기는 바로 부정했다.

"아니 못 만났다. 그 안에서는 아무도 만날 수 없었어. 그냥 때 되면 밥 먹다 자고 또 때 되면 밥 먹다 잤다."

뭐지, 그렇다면 왜 굳이 조용한 곳으로 가자고 한 거지? 기대와는 달라도 너무 다른 답에 가족들은 당황했다. 그러자 원기가 얼른 다음 말을 이었다.

"그렇지만 제일 중요한 사실 하나는 알아냈다. 지금부터 우린 그 그림을 잊어야 해."

뒤이어 최악의 소식을 전했다.

"어쩌면 이 병원은 생체실험을 하는 곳일지도 몰라."

지난 사흘 동안 격리병동에 갇힌 원기는 정말로 누구도 만나지 못했다. 창문도 시계도 없는 방 안에서 시간의 흐름을 잊은 채, 때 되면 밥 먹다 자고 또 때 되면 밥 먹다 잤다.

하지만 와중에 정신을 완전히 놓고 있진 않았다. 몇 번이나 시멘트 벽에 귀를 갖다 대어도 아무 소리도 들을 수 없었지만, 주변에 누군가가 있단 가능성을 포기할 수 없었다. 그래서 결심했다. 언젠가 문이 열리는 단 한 번의 순간, 직접 확인해 보기로.

오전 8시. 자녀들이 다른 날보다 일찍 기상하여 마중 채비를 하던 시각, 원기는 드디어 기다리던 그 순간을 맞았다. 문이 열리고 두 명의 경호원이 나오라고 손짓했다. 사흘 내내, 이순간을 머릿속으로 수없이 그려 왔던 원기는 자연스럽게 움직였다. 천천히 경호원들의 코앞까지 다가갔다가 기습적으로 몸을 틀어 긴 복도를 내달렸다.

"어? 뭐야?! 거기 서!"

간발의 차이로 당한 경호원들이 곧바로 따라붙었다. 70대의 원기와 20대의 경호원들의 체력을 감안하면 몇 발 못 가 잡혔어야 마땅하나, 그간 쌓아 온 원기의 도망 경험과 꼬불꼬불한 지하 복도 덕분에 제법 시간을 끌 수 있었다.

길이 보이는 대로 마구잡이로 달리면서 원기는 빠르게 주위를 살폈다. 처음엔 양방향에 자리한 철문들만 보였고, 자신과 경호원들의 뜀박질 소리만 들렸다. 하지만 운 좋게 마침 열려 있던 쇠창살 문 하나를 통과해 들어가자 그때부터 상황이 달라졌다. 양방향으로 철문들이 보이는 건 여전한데 그 너머에서 특이한 소리들이 들려왔다.

한 사람이 아닌 여러 사람이 내는 소리.

찢어지는 비명 소리, 기괴한 하울링 소리, 손톱으로 벽을 긁는 소리, 하이 톤의 웃음소리.

다양한 소름 끼치는 소리들이 복도 가득 울렸다. 누군가의 소리를 확인하고 싶긴 했지만 이런 소리들을 예상하진 않았던 원기는 당황하여 걸음을 늦췄다. 바로 그때 뒤를 따르던 경호원들이 그의 어깨를 붙잡았다.

"하, 피곤하게 하시네요. 영감님."

원기는 그들의 손에 이끌려 순순히 격리병동을 빠져나왔다. 가는 길에 아까 그 소리들은 뭐였냐고 물었는데, 경호원들은 무슨 소리요? 하며 모르쇠로 일관했다. 하지만 원기는 속지

않았다. 도리어 자신이 문제의 소리들을 제대로 들었다고 확신
했다. 나아가 한 가지를 더 확신했다. 그토록 찾아 헤매던 《파
랑새》 책에 그림을 그린 사람은 이미 지하에 없거나, 있더라도
도움이 되는 상태는 아닐 거라는 확신.

한때는 그이도 평범하게 일반 병동에서 살았을 터다. 하지
만 어떤 이유로 지하에 갇힌 후엔 죽지 않았으면 미쳤을 거다.
제정신인 사람이라면 낼 수 없는 아까의 소리들이 그 생각에
힘을 실어 주었다. 그리고 이런 생각의 끝에 같은 말로를 맞이
할 다음 타자는 아마도 자신과 가족들일 거라는 불길한 예감
이 따랐다.

"당장 탈출해야 해."

사흘 만에 가족들의 품으로 돌아온 원기가 아주 단호하게
말했다.

"솔직히 지하에서 진짜로 생체실험을 하는지 아닌지까진
확인 못 했다. 그렇지만 뭐? 의사이자 시민으로서의 책임을 다
하기 위해 희귀병 환자들을 따로 모아서 보호해? 원장이 우리
에게 한 말은 거짓말이야. 새빨간 거짓말! 이 병원에서는 뭔가
이상한 일이 벌어지고 있어! 우리한테 그 일이 닥치기 전에, 아
직 기회가 있을 때 빨리 탈출해야 해."

다소 흥분한 그는 속사포처럼 말을 뱉었다. 이에 가족들은
동의했다. 원기의 말이 어디까지가 진짜인지, 그가 보고 온 풍

경이 얼마나 살벌하고 듣고 온 소리가 얼마나 이상한지는 몰라도 어쨌든 탈출을 해야 한단 목표 자체는 달라지지 않으니 말이다. 다만 문제는.

어떻게?

지난 1년 동안 배씨 가족은 온갖 탈출 전략을 다 써 보았다. 하지만 전부 소용이 없었다. 애초에 격리병동에 들어가려고 했던 것도 탈출을 도와줄 만한 제3자를 찾기 위해서였다. 그런데 그이를 찾지 못했다면 갑자기 무슨 수로 탈출을 꾀한단 말인가.

"그럼 이제 어쩌죠?"

하늬가 모두의 생각을 대변해서 말했다. 그렇지만 가족들 중 대안을 낼 수 있는 사람은 아무도 없었다. 그저 서로를 바라보며 답 없는 눈치 게임만 이어 갈 뿐이었다. 그런데 그때, 같은 게임에 참가 중인 줄 몰랐던 한 사람이 끼어들었다.

"힘을 합쳐야죠."

이렇게 말하며 존재감을 드러낸 그는 곧 소파 뒤에서 스르륵 일어났다. 오전에 환자들의 출입이 거의 없는 도서관을 유일하게 출입하는 환자, 이안이었다. 그가 이곳에 있으리라곤 상상도 못 했던 가족들은 기겁하며 물었다.

"언제부터 거기 있었어요?"

"아까부터요."

"근데 왜 가만히 있었어요?"

"낄 타이밍을 놓쳐서요."

그렇다기엔 굉장히 기가 막힌 타이밍에 끼어든 거 같은데? 가족들은 어이없단 눈으로 이안을 보았다. 그때 하늬가 급하게 조금 전 얘기로 돌아갔다.

"그런데 그게 무슨 말이에요? 힘을 합치라니요?"

이안이 하던 얘기를 이어 했다.

"소동의 스케일을 좀 더 키워 보라고요."

"그쪽은 왜 안 하는데요?"

"그야, 전 탈출할 생각이 없으니까요."

이안은 생각할 거리가 많은 바깥세상보단 이곳이 편하다며, 격리병동이 그렇게까지 수상한 곳인 줄 몰랐지만 알았어도 여전히 탈출할 마음이 없다고 덧붙였다. 하지만 가족들이 꼭 탈출을 하고 싶다면 이 한 가지를 명심하라라며 팁을 건넸다.

"자살 소동 벌일 때 봤잖아요. 일단 소동이 벌어지면 몇몇 경호원은 지정 자리를 이탈하고 현장으로 모여요. 그러면 어딘가에 반드시 틈이 생기죠. 각개전투로 움직이지 말고 다 같이 한꺼번에 움직여서 틈이 생기는 곳을 노려요."

그 말이 일리 있다고 생각한 순동이 확인 차원에서 물어보았다.

"온 가족이 동시에 움직여 보란 거죠?"

"다섯 명이요? 아니요."

이안이 어림없는 소리를 한다는 듯 고개를 내젓고 확실하게 말해 주었다.

"말 그대로 다 같이요. 모든 환자들이."

두 번째 미션: 소동

1

정신병원에 있는 모든 환자들을 한날한시에 동원해 소동을 일으키는 일이 가능할까?

도서관에서 이안의 조언을 들은 후, 배씨 가족은 진지하게 그 일의 가능성을 타진해 보았다. 그리고 오래지 않아 결론을 내렸다. 충분히 가능하다고 말이다.

사실 이 병원에 있는 환자들은 입원 초기엔 모두 배씨 가족 못지않게 탈출을 소원했다. 스스로 미치지 않았다고 생각하는데 어느 날 갑자기 갇혀 버리면 누구라도 미치고 팔짝 뛰지 않겠는가. 그들은 할 수 있는 모든 수단을 써서 탈출을 시도하곤 했다. 깽판, 협박, 도주, 협상 등 어떤 방법도 마다하지 않았다. 평균적으로, 딱 한 달 동안만.

그 기간이 지나면 환자들은 순순히 감금 생활에 적응했다.

아무래도 입만 열었다 하면 잡음이 끊이지 않았던 바깥세상보다 병원이 더 속 편했기 때문이다. 눈총과 비아냥 대신 극진한 보살핌만이 있는 이곳에서 입원 한 달에 다다른 대부분의 환자들은 현실을 기껍게 받아들이고 스스로 탈출 의지를 사그라트렸다. 오로지 배씨 가족만이 바깥세상을 그리워하며 그 의지를 간직하고 있을 뿐이었다.

일찍이 이런 상황을 알고 있던 그들이 소동을 일으키기 위해 해야 할 일은 명확했다. 바로 사그라진 다른 환자들의 탈출 의지를 북돋는 것이었다. 이 병원 지하에서 이상한 일이 벌어지고 있다고. 어쩌면 우리는 원장의 실험 대상일지도 모른다고⋯. 뭐 이런 소식은 전해 봐야 이안처럼 대수롭지 않아 할 게 빤하니, 대신 다른 소식을 전하는 방법으로 말이다. 이제껏 아무도 진지하게 들어 주지 않았던 그들의 망상을 이용하여.

원기는 영화관에 있는 재우를 찾아가 말했다.

"그 저번에 자네가 말했던 서점 말이야. 내가 곰곰이 생각해 봤는데, 그걸 어디서 본 거 같단 말이지. 여기 들어오기 전에, 동네 골목에서. 응? 정확히 어디냐고? 왜 한번 가 보려고?"

순동과 희라는 수영장에 있는 정희를 찾아가 말했다.

"정희 씨. 너무 놀라지 말고 들어요. 아니, 벌써 놀라면 어떡해요. 알겠어요. 빨리 얘기할게요. 우리가 어젯밤에 의사들이 하는 얘기를 우연히 들었는데, 아무래도 정희 씨 남편이 있는 산에 불이 난 거 같아요. 글쎄요. 부군의 생사까지는 저희도 잘⋯."

하준은 식당에 있는 아름을 찾아가 말했다.

"네가 전에 나에게 했던 예언 있잖아. 그게 적중할 거 같아. 갑자기 왜 그러냐고? 그냥 예감이야. 아무튼 그래서 말인데⋯ 죽기 전에 내 소원 하나만 들어줄 수 있어?"

이같이 성의 없고 구멍 많은 거짓말을 배씨 가족은 하고 또 했다. 그리고 단 하루 만에 놀랍게도 모든 환자들을 포섭하는 데 성공했다. 수년간 망상으로 만들어진 외로운 섬에 혼자 있던 환자들이 제 발로 섬 안에 들어와 준 배씨 가족을 덮어 놓고 믿은 결과였다. 그 사실에 가족들은 뒤늦게 미안해했다. 하지만 미안한 건 미안한 거고, 탈출을 포기할 수는 없는 노릇. 그들은 새롭게 정한 디데이에 타오를 군중의 광기에 사활을 걸었다.

2

적막한 병실에 째깍째깍, 초침 소리가 규칙적으로 울렸다. 그 소리를 들으며 침대에 누운 하늬는 벽시계에서 눈을 떼지 않았다.

"11시 59분."

시간을 확인한 하늬는 초침이 원을 한 바퀴 그리길 기다렸다. 2초에 한 번씩 눈을 깜빡이며 정확히 서른 번 눈을 감았다 떴다. 그러자 이변 없이 신호탄이 터졌다.

위이이이잉.

문 바깥에서 화재 경보음이 시끄럽게 울리기 시작했다. 뒤이어 사람들의 고함, 뜀박질 소리, 무언가 부딪히고 깨지는 소리가 연달아 퍼졌다. 그제야 하늬는 천천히 침대에서 내려와 병실 문을 열었다. 곧바로 눈앞에 복도 풍경이 펼쳐졌다.

3층 복도는 아수라장이었다. 흥분한 환자들이 이리저리 뛰어다니고 있었고, 그 뒤를 의료진과 경호원들이 정신없이 따랐다. 하늬는 도떼기시장 같은 복도에 발을 디뎠다. 그리고 누구와도 부딪히지 않게 주의하며 일정한 보폭으로 걸었다.

그때 하늬의 시야에 반가운 얼굴이 들어왔다. 그이도 하늬를 발견하고 손을 흔들었다.

"배하늬!"

까치발을 한 미나가 신이 난 얼굴로 달려왔다. 하지만 미처 두 사람이 만나기 전에 한 사람이 끼어들었다. 여자 간호사 한 명이 불쑥 나타나 미나의 앞길을 가로막았다. 그녀는 무슨 사정인지는 모르겠으나 그만 병실로 돌아가자며 웃는 낯으로 미나를 설득했다. 하지만 등 뒤로는 진정제 주사기를 감추고 언제든 찌를 준비를 하고 있었다. 하늬는 입 모양으로 그 사실을 알려 주려고 했다. 하지만 그럴 필요 없이 먼저 간호사의 계략을 알아챈 미나가 그녀의 손을 무자비하게 꺾고 주사기를 낚아채 뺏었다.

"허튼수작 부리지 마! 잡것아! 난 오늘 돌아갈 거야!"

뒤이어 비명을 지르는 간호사를 거침없이 밀쳐 버린 뒤, 아무 일도 없었다는 듯 다시 신이 난 얼굴로 하늬의 앞까지 달려왔다.

"고마워. 네 덕에 드디어 쉽게 됐어."

간드러지게 감사 인사를 하는 미나에게 하늬가 화답했다.

"뭘. 나도 어쩌다 알게 된 건데."

"그래도 너 말곤 아무도 신경 써 주지 않았어. 이 썩어 문드러진 몸에 갇혀 있는 게 어떤 기분인지 상상들도 못 하고. 아, 근데 넌 몸에서 영혼을 빼는 방법을 어떻게 알았다고 했지?"

"그게… 자세한 경로가 뭐 중요한가. 드디어 언니가 안식을 취하게 됐다는 게 중요하지."

"진짜 너밖에 없다. 어디로 가게 되든 그곳에서 널 기다리고 있을게."

"그래. 우리는 60년, 아니 100세 시대니까 한 70년 후에 봐."

그 말에 미나가 끄덕임으로 긍정했다. 그리고 하늬를 지나쳐 복도 저편으로 달려가기 시작했다. 앞길을 가로막는 모든 방해꾼들을 씩씩하게 해치우면서. 하늬는 그런 그녀와 한 그림이 된 북새통을 바라보며 슬그머니 입꼬리를 올렸다.

일요일 자정, 깊은 숲속 정신병원은 혼란에 휩싸였다. 흡사 전쟁 통을 방불케 하는 소란이 2층부터 5층까지 네 개 층을 휘감았다.

병원에 수용된 여든여 명의 환자들은 모두 같은 시간에 다른 이유로 일어났다. 식당, 휴게실, 상담실, 명상실, 누군가의 병실 등등 가리지 않고 발길 닿는 모든 곳에서 난동을 부렸다. 의료진과 경호원들은 폭주하는 그들을 진정시키기 위해 동분서주 애썼지만 광기는 좀처럼 사그라들 기미가 없었다. 그만큼 환자들이 난동을 부리는 이유가 절실했기 때문이다.

"저리 비켜! 난 꼭 그 서점에 가야 한단 말이야!"

원기의 동네에 서점이 있을지도 모른단 얘기를 들은 재우는 1층으로 내려갈 수 있는 철문 앞에서 큰소리를 쳤다. 원기를 모함할 때보다 더 눈이 뒤집혀서, 당장 굿이든 퇴마든 해야 할 것 같은 상태로 자신을 제압하려는 모든 이에게 발차기를 날렸다. 딱히 발차기에 자신이 있어서는 아니고, 와중에도 손동작은 멈출 수 없어서였다. 재우는 여차하면 그냥 손동작을 확 멈춰서 재앙을 불러오겠다는 협박을 하며 연신 발을 올렸다 내렸다.

그 바로 옆에서 재우 못지않게 눈이 돌아간 정희가 식은 차를 뿌렸다.

"아내가 남편 옆으로 가겠다는데 너희가 뭔데 막아!"

그녀는 평소의 교양과 품위를 모두 내려놓고 욕설도 서슴지 않았다.

"다 꺼지라고! 망할 새끼들아!"

사랑에 죽고 사는 정희이기에, 사랑하는 남편의 생사를 알 수 없는 상황에서 가만히 있을 수 없었다. 그녀는 어떻게든 1층 로비로 내려가기 위해 병실에서 무기로 쓰려고 가져온 모든 소지품들을 마구잡이로 던지고 나중엔 손톱까지 세워 휘둘렀다.

그들과 조금 떨어진 곳에선 아름이 그들만큼 흥분한 상태는 아니지만 못지않게 진지하게 의사들과 대치했다. 당장 문을 열어 주지 않으면 평생 후회할 지독한 저주를 퍼부을 거라고 협박했다. 그리고 평소 탈출에는 관심이 없다가 갑자기 돌변한 이유를 친구에게 돌렸다. 친구가 밖에서 술 한 잔만 같이하는 게 소원이라고 했다는 거다.

"죽은 사람 소원도 못 들어줘요?"

그 말을 들은 의사들은 의심의 눈초리를 보냈다.

"누군진 몰라도 그 친구는 아직 안 죽었지?"

"어차피 곧 죽을 거예요. 야박하게 굴지 말고 문이나 열어줘요."

말을 마친 아름은 작은 체구로 의사들을 밀치며 그들을 괴롭혔다.

바로 그때, 의사들 뒤편으로 한 무리의 경호원들이 지나갔다. 원래대로라면 이 시간에 1층에 있어야 할 그들은 지원 요청을 받고 대거 이동 중이었다.

병원은 언제나 수용된 환자들에 비해 넉넉한 경호원들을 보유하고 있었다. 하지만 모든 환자들이 일제히 들고 일어나는 상황에서도 넉넉하진 않았다. 급할 땐 가장 급한 일을 먼저 처리하는 것이 상식이기에 경호원들은 하나둘 원래 자리를 이탈하기 시작했다. 당연히 철통같던 보안에 구멍이 뚫렸고 몇개의 문과 창문이 완전한 무방비 상태가 되었다.

그때쯤 병원 곳곳에 흩어져 있던 배씨 가족은 서서히 합

류를 꾀했다. 하늬는 병실에서, 하준은 식당에서, 희라는 휴게실에서, 원기는 화원에서 각각 출발해 A구역으로 모여들었다. 물론 헬스장에 있던 순동도 시간을 확인하고 움직이기 시작했다. 소동이 벌어지는 내내, 턱걸이를 하고 있던 그는 잔뜩 펌핑된 근육을 만족스레 매만지며 문가로 향했다. 그러다 문턱을 넘기 직전, 갑자기 걸음을 멈추고 고개를 뒤로 돌려 천장에 달린 CCTV를 올려다보았다.

CCTV 모니터 화면에 순동이 잡혔다. 보안실에 있는 수십 대의 모니터 중, 마침 순동이 나온 화면을 한 경호원이 보았다. 보통 이곳엔 더 많은 경호원들이 상주하는데 전부 긴급 출동을 나간 터라 남아 있는 경호원은 단 세 명뿐이었다. 그들은 빠르게 눈알을 굴리며 1층으로 향하는 문이나 2층 창문을 뜯으려는 환자들의 동태를 무전으로 알렸다. 그때 한 경호원이 순동이 나온 화면에 특별히 주목했다. 귀퉁이에 빨간 원통형 물체가 비치더니 이내 화면 전체가 하얗게 흐려졌다. 이를 실시간으로 지켜본 경호원이 버럭 소리쳤다.

"뭐야?!"

잠시 뒤, 갑자기 보안실 문이 세차게 두드려졌다. 쿵쿵. 경호원들 중 막내가 일어나서 문가로 다가갔다. 하지만 바로 문을 열진 않고 암구호를 요청했다.

"말씀하세요."

"카그라스."

문밖의 상대가 지체 없이 정답을 말했다. 보안실 구호는 보통 병명을 돌려 가며 정했는데, 오늘의 구호가 '자신의 지인이 완전히 똑같이 분장한 전혀 다른 사람으로 바뀌치기되었다고 믿는 증상'인 카그라스라는 것은 보안팀 직원들 외엔 아무도 몰랐다. 심지어 원장도 몰랐다. 안도한 막내 경호원이 문을 살짝 열었다. 그러자 과연 낯익은 선임 경호원이 보였다.

"들어오세요."

막내 경호원이 문을 활짝 열어 주며 말했다. 그 순간.

"고마워."

이렇게 말하며, 선임 경호원을 힘으로 앞세우고 있던 순동이 밀고 들어왔다. 무사히 보안실에 발을 들인 순동은 다른 지원군이 오지 못하도록 안에서 문을 걸어 잠갔다. 그리고 침입자를 보자마자 공격 태세를 갖추는 경호원들을 둘러보며 말했다.

"세 명이면 나쁘지 않네."

그러곤 들고 온 빨간 원통형 소화기를 세차게 휘둘렀다.

지난 1년간 이 병원에서 틈만 나면 근육운동을 한 덕을 본 순간이었다. 바깥세상에선 운동을 그만둔 지 오래인 그였지만 이곳에서는 딱히 할 일도 없는 데다 만약의 사태에 가족들을 지켜야 한다는 일념으로 꾸준히 운동을 해 왔다. 그 결과 불혹을 넘은 나이에 울근불근 펌핑된 근육으로 팔팔한 청년들과 대치할 수 있었다.

딱 20초 정도.

"잡아!"

요령껏 소화기를 피한 경호원들은 제대로 각을 잡고 달려들었다.

"나이가 아쉽네."

최소한 1분은 버틸 수 있을 줄 알았던 순동은 속상한 얼굴로 소화기를 휘두르길 그쳤다. 그 대신 안전핀을 뽑아서 달려드는 경호원들을 향해 하얀 가루를 시원하게 분사했다. 기습당한 경호원들은 컥컥거리며 바닥에 주저앉았다. 그 틈에 순동은 호스의 방향을 모니터링 기계 쪽으로 돌려서 기계를 먹통으로 만들 작정으로 꼼꼼하게 분사했다. 가루가 동이 난 후엔 소화기 몸체로 기계를 쾅쾅 내리쳤다. 바로 그때, 그보다 더 큰 쾅앙 소리가 들려왔다.

마침내 기계가 부서지면서 나는 소리였냐면, 그건 아니었다. 그 굉음은 문이 박살 나며 나는 소리였다. 순동이 문가로 고개를 돌렸다. 그러자 문 앞에 서 있는 무솔이 보였다.

하얀 가루를 헤치며 위풍당당하게 나타난 그의 뒤에서 다른 경호원들이 우르르 달려 나왔다. 그들은 단숨에 순동을 제압하고 보안실 밖으로 끌어냈다.

복두로 나오자 이미 제압당한 다른 환자들이 보였다. 진정제를 맞고 잠잠해진 그들 사이에 체념한 얼굴을 한 원기, 희라,

하준, 하늬가 있었다. 곧바로 실패를 깨달은 순동이 짧은 탄식을 뱉었다. 이로써 배씨 가족이 거짓말로 외로운 정신병자들을 부추겨 벌인 대소동은 38분 천하로 끝났다.

3

6인용 식탁 위에 침묵이 감돌았다. 둘러앉은 배씨 가족 중 누구도 섣불리 입을 열지 않았다. 그저 배식받은 도시락만 조용히 우물거릴 뿐이었다.

한바탕 대소동이 휩쓸고 지나간 다음 날, 평소보다 얌전하게 아침 식사를 하는 사람은 배씨 가족만이 아니었다. 간밤에 소동에 참여했던 모든 환자들이 제자리에서 차분하게 식사를 했다. 누구도 괜히 일어나서 돌아다니거나 큰 소리로 떠들지 않았다. 아직 남아 있는 진정제의 효과 때문이기도 했고 패배자의 본능 때문이기도 했다.

어떻게 생각해도 실패였던 간밤의 소동 뒤에 찾아온 첫 아침은 모두에게 불편하기 짝이 없었다. 환자들과 의료진과 경호원들이 한데 섞인 공용 식당 안에는 냉랭한 기운이 가득했다.

어디에도 열려 있는 창문이 없었지만 어쩐지 찬바람이 쌩쌩 불어오는 것 같았다.

식사가 끝난 뒤 배씨 가족은 소화제를 구하는 환자들을 일일이 찾아다니며 사과했다.

"미안하게 됐어요."

그리고 전에 했던 말을 번복하며 일을 바로잡았다.

"착오가 있었어요. 제가 했던 얘기는 그냥 잊으시는 게 좋을 거 같아요."

혹시라도 잘못된 정보에 미련을 버리지 못한 환자들이 약효가 떨어졌을 때, 소동을 이어 갈까 봐 염려가 되어서였다. 어제의 흥분으로 보면 충분히 그러고도 남을 일이었다.

거짓말을 다시 거짓말로 덮으며 대강 일을 마무리한 배씨 가족은 뒤이어 원장의 부름에 차례로 응하러 갔다. 지난밤 소동의 주범을 찾기 위해 '특별 면담'을 개시한 원장은 하루 종일 환자들을 한 명씩 불러서 갑자기 소동을 벌인 이유에 대해 물었다. 특별히 시간에 주목해서.

"왜 하필 어제 자정에 움직였어요?"

예리한 그 질문에 배씨 가족은 미리 입을 맞춰 둔 대로 대답했다.

"제가 그랬나요? 그냥 남들이 움직일 때 따라서 움직인 거뿐인데."

당연히 원장은 그 얼토당토않은 말을 믿지 않았다. 하지만 더 추궁하지도 않았다. 이미 다른 환자들에게 같은 답을 반복해 들은 터라 면담으로 진실을 밝히기는 어렵다고 판단해서였다. 무사히 원장실을 나온 가족들은 일단 안도했다. 그리고 만에 하나 계획이 수포로 돌아갔을 경우를 대비해 다른 환자들과 할 말을 맞춰 둬서 다행이라고 생각했다.

하지만 이 얕은 수작이 오래 먹히지는 않을 터.

원장은 머잖아 소동의 주범이 배씨 가족이란 걸 눈치챌 게 자명했다. 빠르면 내일이라도 가능했다. 이제는 정말로 시간이 없었다. 배씨 가족은 하루 종일 거짓말을 하러 다니느라 지친 몸뚱이를 이끌고 새로운 모의를 하기 위해 하나둘 도서관으로 모였다.

오후 5시 정각, 마지막으로 도서관에 들어온 하늬가 문을 꼭 닫았다. 그리고 이미 둥글게 모여 있는 가족들에게 다가가 그 사이에 끼어 앉았다. 가족들은 잠시 수심에 찬 얼굴로 서로를 바라봤다. 하지만 곧 핼쑥해진 얼굴 위로 서서히 미소가 피어오르기 시작했다. 그 미소는 점점 커지더니 이내 웃음으로 변했다.

가족들은 터지는 웃음을 참지 못하고 소리 내어 끅끅 웃었다. 마치 미친 사람들처럼.

바로 그때, 갑자기 도서관 문이 벌컥 열렸다.

깜짝 놀란 가족들은 일시에 웃음을 그치고 정색했다. 하지만 문을 열고 들어온 사람이 누군지 확인하곤 다시 웃음기 띤 얼굴로 물었다.

"성공했어요?"

사실 지난밤 대소동의 궁극적인 목적은 탈출이 아닌 정보였다. 오랜 탈출 경력 덕에 가족들은 이미 알고 있었다. 여든여 명의 환자들이 한날한시에 한꺼번에 날뛰어 봤자 무솔의 보안팀에게 한 시간도 안 되어 제압당하리란 걸. 그래서 그들은 2중 전략을 세웠다. 일단 1차 소동을 벌여 어떻게든 1층을 뚫고, 그 틈에 순동이 보안실로 쳐들어가서 필요한 정보를 CCTV를 통해 빼 오면, 그 정보를 바탕으로 2차 소동을 벌이는 방향으로 말이다.

여기서 필요한 정보란 '몰래 격리병동에 잠입해서 독방 문을 해제할 수 있는 방법'이었다. 하늬는 그 정보가 필요한 이유에 대해 다음과 같이 설명했다.

"모든 환자들이 힘을 합쳐서 틈을 만들어야 한다고 했지? 그렇다면 격리병동 환자들도 포함해야지. 그들이 정확히 어떤 상태인진 모르지만 어쨌든 이상한 상태라는 건 분명하잖아? 그들을 끄집어내서 소동을 일으키면 제아무리 무솔의 보안팀이 막아선다 해도 반드시 한 군데는 뚫릴 거야. 바깥으로 나갈 수 있는 문이."

그렇게 정한 1차 계획에 따라 어젯밤 순동은 실수 없이 움직였다. 환자들의 무력 덕분에 잠시 뚫린 A구역 계단을 통과해 무사히 1층 보안실로 들어갔다. 그리고 세 명의 경호원을 쓰러트린 뒤 원기가 미리 알려 준 방법대로 빠르게 CCTV를 돌려서 격리병동 안을 관찰했다. 그 결과 원하던 정보를 얻을 수 있었다. 몰래 격리병동에 잠입해 독방 문을 해제할 수 있는 방법. 그것은 바로 수석 영양사 김미영의 마스터 카드키를 쓰는 것이었다.

아니, 원장도 아니고, 수석 의사도 아니고, 보안 팀장도 아닌 수석 영양사가 왜 그 귀한 마스터 카드키를 가지고 금지 구역을 들락거리는 거지?

언뜻 생각하면 말이 안 되는 것 같았지만 다시 생각하면 꼭 그렇지만도 않았다. 답은 간단했다. 독방에 있는 환자들도 밥은 먹고 살아야 하니까.

1층에 있는 이 병원 조리실에선 매일 환자들의 영양 상태에 맞춘 도시락이 만들어졌다. 그 일을 주도하는 이가 미영이었다. 그녀는 언제나 공식적인 환자의 수보다 더 많은 도시락을 만들어서, 일반 병동 환자들의 것은 다른 직원들에게 나누어 주게 하고 격리병동 환자들의 것은 본인이 직접 나누어 주러 갔다.

CCTV로 그 사실을 확인한 순동은 어제는 기회가 없어 침묵하고 있다가 오늘 아침 식사 때 가족들에게 몰래 정보를 공유했다. 곧바로 가족들은 반색했다.

"잘됐다! 생각보다 간단한 방법이었네. 김미영 씨가 저녁 식사를 배급하러 격리병동에 가기 전에 잠깐 기절시켜서 카드랑 옷을 뺏고 그녀인 척 위장해서 가면 되잖아."

그런데 막상 구체적인 계획을 짜려니 생각보다 일이 간단치 않았다.

"근데 무슨 수로 기절시킬 거야?"

"급소를 한 방에 찔러야죠."

"자신 있어?"

"아니요."

"그러지 말고 무기를 쓰는 건 어때요? 이 병원에 테이저 건 같은 건 널렸잖아요."

"다 경호원들이 가지고 있는데 무슨 수로 구해?"

"훔치면 되죠."

"자신 있어?"

"아니요."

그때 언젠가부터 가족들의 모의에 자연스럽게 참여하고 있던 이안이 불쑥 손을 들었다. 그리고 자신 있게 본인이 테이저 건을 훔쳐 오겠다고 나섰다.

"그쪽이요?"

가족들은 영 못 미더운 표정을 지었다. 아무래도 제 한 몸이나 간수하면 다행일 것 같은 파리하고 허여멀건 놈에게 일을 맡기기가 찜찜했다. 하지만 이안은 자신만만하게 자원을 무르지 않았고, 가족 중엔 그보다 자신 있는 사람이 없었으므로, 결국 속는 셈 치고 일을 맡겼다. 그리고 몇 시간 뒤 도서관으로 들어온 그에게 물었다.

"성공했어요?"

이안은 별 긴장감 없이 바지 주머니에 손을 넣었다 뺐다. 그의 손에 테이저 건이 딸려 나왔다.

"역시! 오늘 느낌이 좋더라니."

그렇지 않아도 순조롭게 흘러가는 하루에 웃음꽃을 피우고 있던 가족들이 더할 나위 없이 활짝 웃으며 환호했다. 그리고 신기해하며 물었다. 어떤 경호원이든 테이저 건을 막 두진 않았을 텐데 무슨 수로 훔쳐 왔느냐고. 이에 이안은 대수롭잖게 대꾸했다. 그냥 손기술을 좀 발휘했다고 말이다. 그 순간 가족들은 그의 과거가 몹시 궁금해졌다. 하지만 이안이 더 설명을 원치 않는 눈치라 누구도 나서서 물어보지 않았다. 가족들은 무례하게 남의 과거사를 들추는 데 시간을 낭비하느니 차라리 자신들의 일로 관심을 돌렸다. 원기가 대표로 선언했다.

"오늘 밤, 우리는 이 병원을 탈출한다."

4

저녁 식사 자리의 풍경은 아침때와 다르지 않았다. 6인용 식탁에 둘러앉은 배씨 가족은 잡담을 하지 않고 조용히 배식받은 도시락만 우물거렸다. 다른 환자들도 얌전히 식사를 이어 가긴 마찬가지였다. 식당 안의 냉랭한 분위기는 여전히 풀리지 않았다.

다만, 아침과 다른 점이 한 가지 있다면 배씨 가족이 네 명뿐이라는 것이었다. 이를 이상하게 여긴 간호사가 6인용 식탁으로 다가가서 물었다.

"희라 씨는 어디 갔어요?"

막 밥 한 술을 뜬 순동이 웬만하면 추가 질문이 들어오지 않는 답을 했다.

"화장실이요."

하지만 어제의 소동으로 예민해진 간호사는 그 말을 곧이 곧대로 믿지 않고 암묵적인 사회적 약속을 깨트리며 추가 질문을 이어 갔다.

"왜요?"

"글쎄요, 배가 아프다고밖엔."

"확실해요?"

"그럼요."

"확인해도 돼요?"

"마음대로 하세요."

"어느 화장실로 갔는데요?"

순동은 그것까진 모르겠다고 답하며 밥이 소복이 올려진 숟가락을 덥석 물었다. 간호사는 일단 알겠다며 물러났다. 하지만 그 길로 식당 밖으로 나가지 않는 것이 실제로 발품을 팔며 모든 화장실을 뒤져 볼 생각은 없는 것 같았다. 순동은 자신의 당당한 태도가 먹혔다고 생각하며 내심 뿌듯해했다. 하지만 사실 그는 당당할 수밖에 없었다. 왜냐하면 그 시각, 희라는 정말로 화장실에 있었기 때문이다.

가족들이 식당으로 향할 무렵 희라는 2층 복도 끝 화장실에 들어갔다. 정말로 배가 아파서는 아니고 은밀히 누군가를 만나기 위해서였다. 희라는 누군가가 자신을 찾으러 오면 생리적 사유로 나갈 수 없단 핑계를 댈 작정으로 칸막이 안으로 들어갔다. 그리고 그곳에서 접선 상대를 기다렸다. 정확히는 접선하고 싶은 상대를 기다리며 대기했다. 꽁꽁 숨어 있으면서 찾아오지도 않을 상대를 어떻게 만날 거냐면, 간단한 해결책이 있었다.

소리에 집중하는 것이었다.

드르르륵.

이내 복도에서 카트 바퀴 구르는 소리가 났다. 줄곧 이 소리를 고대하고 있던 희라는 지체 없이 칸막이 밖으로 나갔다. 하지만 CCTV가 있는 복도까지 나가진 않고 화장실 끄트머리에 서서 상대를 유인했다.

"저기요."

마치 여자들끼리만 공유할 수 있는 어떤 문제가 생긴 것처럼 같은 여자라면 차마 지나칠 수 없을 조심스러운 목소리로 상대를 불렀다.

"잠깐 저 좀 도와주시겠어요?"

역시나 그 말에 덥석 걸려든 오늘의 타깃 미영은 도시락을 잔뜩 실은 카트를 멈춰 세우고 화장실 쪽을 쳐다보며 물었다.

"누구세요? 무슨 일이신데요?"

"저 양희라인데요. 말로 설명하긴 좀 그래서 요 앞까지만 들어와 주시면 안 될까요?"

그 순간 미영은 석연찮은 기운을 느꼈다. 하지만 상대의 신원이 확실한 와중에 모른 척 지나치기는 어쩐지 양심에 걸려서, 이성으로 직감을 누르고 화장실로 다가갔다. 안타깝게도 그 판단은 오판이었지만 말이다.

화장실에 딱 한 발을 들인 순간, 처음 느껴 보는 짜릿한 전기가 미영의 온몸을 타고 흘렀다. 정확하게 복부에 테이저 건을 맞은 그녀는 끽 소리 한 번 못 내고 벌벌 떨다가 의식을 잃었다. 희라는 뒤로 넘어가는 미영의 머리를 황급히 받치며 놀라워했다.

"어마무시하네."

지난 1년간 테이저 건을 자주 봐 왔지만 위력을 느껴 보는 건 처음이었다. 희라는 기절한 미영을 얼싸안고 얼른 칸막이 안으로 들어갔다. 그리고 사정이 사정인지라 미안하게 됐다는 들리지도 않을 사과를 연신 하며 그녀의 흰색 조리복과 흰색 빵모자를 갈취했다.

정해진 배급 시간보다 10분이 넘은 8시 20분. 지하로 통하는 문이 열렸다. 두꺼운 철문이 양옆으로 쩌억 갈라지자마자 마치 지옥문이라도 열린 듯 음산한 기운이 훅 끼쳐 왔다. 곧바로 희라는 두 눈을 질끈 감았다. 하지만 걸음을 망설이진 않았다. 문 위에 달린 CCTV로 자신을 지켜보고 있을 보안팀을 의식하며 괜히 빵모자를 한 번 꾹 누르고 침착하게 카트를 굴렸다. 그러곤 그대로 복도 깊숙이 들어갔다.

얼마 안 가 희라의 눈앞에 첫 쇠창살 문이 나타났다. 자연스럽게 조리복 주머니에 손을 넣자 과연 마스터 카드키가 집했다. 희라는 그 카드를 꺼내서 문을 열었다. 그러자 새로운 복도가 펼쳐졌다. 초입보다 더 불길한 기운이 감도는, 심지어 조명까지 어둑해진 그 복도 안으로 몇 걸음을 옮기자 곧 원기가 말했던 이상한 소리들이 들려오기 시작했다.

하이 톤의 웃음소리, 손톱으로 벽을 긁는 소리, 울부짖음에 가까운 하울링 소리. 그리고 다 죽여 버릴 거야 하는 소름 끼치는 말소리.

희라는 자신도 모르게 어깨를 부들부들 떨었다. 겁에 사로잡혀 다리가 굳었다. 하지만 어떻게 여기까지 왔는데 아무 수확 없이 나갈 순 없었다.

"다 우리 가족을 위해서야."

마음을 다잡은 그녀는 냅다 도시락 카트부터 버렸다. 그리고 가벼워진 몸으로 빠르게 복도를 뛰어다니며, 보이는 방마다 인식기에 카드키를 갖다 댔다. 곧바로 띠링, 띠링, 띠링. 도어록이 해체되는 경쾌한 울림이 지하 복도에 연달아 퍼졌다.

한편 식당의 6인용 식탁 위에는 여전히 침묵만 감돌았다. 아까와 달라진 점이 있다면 도시락이 거의 다 비었다는 것이었다.

"이제 슬슬 시작될 때가 됐는데."

가족들 중 가장 성격이 급한 원기가 초조한 얼굴로 문가를 보았다. 굳게 닫힌 식당 문은 안팎으로 잠잠했다.

"설마 무슨 일이 생긴 건 아니겠죠?"

순동이 초조보단 걱정이 가득한 얼굴로 말했다.

"무슨 일?"

"모르죠. 지하에 어떤 인간들이 있는지 모르니까요."

순동이 아무래도 자신이 갈 걸 그랬나 보다며 후회를 드러 냈다. 그러자 하준이 반대 의견을 표했다. 아빠가 여자 옷을 입 으면 티가 나서 어차피 안 될 일이었다고, 미영과 체격이 비슷 한 엄마가 가는 게 최선이었다고 말이다. 그 의견에 동조하며 하늬는 우리 가족들은 모두 제 몫을 해낼 수 있다고 주장했다.

"두고 봐. 장담하는데 엄마는 곧 당당하게 돌아올 거야!"

그 말이 끝나기 무섭게, 정말 무슨 주문이라도 이루어진 것처럼, 기막힌 타이밍으로 희라가 돌아왔다. 식당 문을 세차 게 열고 식당 안에 있던 모두의 주목을 끌면서 당당하게! 왔으 면 좋았겠지만, 실제론 사색이 된 채 벌벌 떨면서 등장했다.

"어떻게든 돌아왔으면 됐잖아. 엄만데."

하늬는 자신을 야박하게 쳐다보는 다른 가족들이 뭐라 하 기 전에 서둘러 엄마에게 달려갔다. 뒤이어 다른 가족들도 따 라 달렸고, 거의 동시에 의료진과 경호원들도 움직였다. 순식 간에 희라의 앞에 모인 그들은 벌벌 떨고 있는 그녀에게 무슨 일이냐고 물었다.

"그게."

희라는 답답하게 굴지 않고 바로 입을 뗐다. 하지만 제대로 설명을 하진 못했다. 겁에 질려서가 아니라 그 전에 식당 밖에서 비명이 들려왔기 때문이다. 꺄악! 누군가 내지른 그 비명을 시작으로 달리고 부딪히고 깨지는 소리들이 이어졌다. 흡사 좀비 사태를 연상케 하는 그 소리들은 멀리서 들려오다 점점 가까워졌다.

"갑자기 뭐야?"

당황한 의료진과 경호원들은 일단 식당 문을 닫는 게 좋겠다고 판단했다. 그렇지만 생각을 미처 실행에 옮기기도 전에 소리의 주범들이 먼저 식당에 당도했다. 삐쩍 곯은 시체 꼴을 한 두 명의 남자와 한 명의 여자가 날쌔게 입장해 식탁 위로 훌쩍 뛰어올랐다. 그리고 환희인지 절규인지 모를 괴성을 내질렀다.

그제야 희라가 뒤늦게 상황을 설명했다.

"격리병동을 열었는데 생각보다 더 미친 애들이 튀어나오더라고."

하지만 이미 그녀의 설명은 안중에도 없는 의료진과 경호원들이 서둘러 사태 수습에 나섰다. 우선 일반 병동 환자들을 보호하기 위해 그들에게 먼저 식당 밖으로 나가라고 지시했다. 그런데 웬걸. 그들은 순순히 지시를 따르지 않았다. 오히려 격리병동 환자들을 따라서 같이 식탁 위로 뛰어오르고 소리를 질러 댔다.

"다들 왜 이래? 지금 무슨 일이 벌어지고 있는 거야?"

한 의료진이 식당에 차오르는 광기를 느끼며 몸서리쳤다. 그동안 난동에 동참한 환자들은 모두들 머릿속으로 한 가지 생각을 했다. 오늘 오후 배씨 가족이 찾아와서 했던 말을.

"착오가 있었어요. 제가 했던 얘기는 그냥 잊으시는 게 좋을 거 같아요. 그러니까 어제 자정에 힘을 모을 거라고 했던 얘기요. 진짜 디데이는 오늘이에요. 오늘 저녁에 다시 힘을 모을 테니까 모두들 이곳을 벗어나 각자 소원을 이뤄요."

정상인 사람이라면 같은 거짓말에 두 번이나, 그것도 하루 만에 또 속지 않을 것이다. 하지만 이곳은 정신병원이었고, 미친 데다 외롭기까지 한 사람들에겐 그게 가능했다.

"다 꺼져, 새끼들아!"

식탁에 올라간 재우가 우렁차게 일반 병동 환자들을 선동했다. 그동안 이번에야말로 원하던 만큼의 대소동을 일으킨 배씨 가족은 손에 손을 잡고 식당을 빠져나갔다.

2층 복도엔 어제와는 차원이 다른 아수라장이 펼쳐져 있었다. 남몰래 갇혀 있던 격리병동 환자들은 일반 병동 환자들처럼 악다구니를 쓰거나 물건을 집어 던지는 식으로 소란을 피우지 않았다. 그 대신 무작정 사람에게 달려들어 귀를 물어뜯거나 급소를 걷어차는 등 악질적인 행위를 자행했다. "나는 악마야!"라고 외치며 뛰어다니는 그들에 비하면 "도깨비 남편에게 가고 싶어!"라며 동동거렸던 정희의 반란은 귀여운 수준이었다.

상대가 만만치 않다 보니 의료진과 경호원들도 강경 대응으로 맞섰다. 애초에 진정을 시도하지 않고 무기를 꺼내서 제압을 꾀했다. 사정없이 곤봉을 휘두르거나 테이저 건을 쐈다. 하지만 격리병동 환자들은 무기를 잘도 피했고 혹여나 맞더라도 개의치 않고 또 달려들었다. 이 판국에 막 식당에서 뛰쳐나온 일반 병동 환자들까지 가담하자 복도의 혼란은 걷잡을 수 없이 커졌다. 혼이 쏙 빠진 의료진과 경호원들은 처음 맞는 사태에 어쩔 줄 몰라 했다.

문제는 배씨 가족 역시 그랬다는 거다.

"대체 어디로 가야 해?"

갈 길을 미리 정해 두지 않은 채 무턱대고 격리병동 문부터 열어 버린 그들은 난투극이 벌어지는 복도 한가운데에서 우왕좌왕했다. 소동이 벌어지면 불가피하게 뚫릴 문으로 탈출해야지 하고 막연히 생각했는데, 설마 그 전에 소동의 한복판에 갇혀 버릴 줄은 몰랐다. 점점 거세지는 폭력의 현장 속에서 배씨 가족은 이러지도 저러지도 못한 채 초식동물처럼 옹기종기 붙어 있었다. 바로 그때, 어디선가 낯익고도 반가운 목소리가 들려왔다.

"여기로 와요!"

복도 끝을 보자 손짓하는 이안이 보였다. 어느 순간부터 그를 조력자로 자연스럽게 받아들인 배씨 가족은 두 번 생각하지 않고 지시에 따랐다. 그들 사이의 거리가 좁혀지자 이안이 먼저 등을 돌려 앞장섰다. 눈앞에 나타나는 방해꾼들을 요리조리 피하며 가야 할 길을 보여 주었다. 배씨 가족은 그 길을 그대로 따라갔다. 그렇게 모퉁이를 세 번 더 꺾자 더 이상 그들 앞에 방해꾼들이 나타나지 않았다. 그 대신 살짝 열려 있는 C구역 철문이 보였다.

"여기로 내려가면 로비로 갈 수 있어요."

먼저 철문에 당도한 이안이 문을 잡아 주며 말했다. 배씨 가족은 줄줄이 문밖으로 나갔다. 원기, 하늬, 하준, 희라, 순동 순으로 나간 다음 뒤에서 계속 문을 잡아 주고 있던 이안을 돌아봤다.

"그쪽은 진짜로 안 가요?"

"네. 그럴 거라고 했잖아요."

이안은 그 어느 때보다 단호하게 말했다.

"덕분에 며칠 동안 잡생각을 안 할 수 있어서 좋았어요. 마지막까지 무사히 빠져나가요."

이렇게 말하며 먼저 배웅을 해 버리니 배씨 가족으로선 함께 가자고 더 권할 수 없었다. 그 대신 그들은 고마웠다고, 언젠가 기회가 되면 또 보자고 기약 없는 인사를 했다. 이안은 고개를 한 번 끄덕이고 천천히 철문을 닫았다. 가족들은 문틈으로 끝까지 이안을 바라보다 문이 완전히 닫힌 뒤에야 비로소 등을 돌렸다.

"가자!"

심기일전한 그들은 서둘러 계단을 뛰어 내려가 1층으로 갔다. 그러자 귓가에 또다시 시끄러운 소리가 들려오기 시작했다. 몇 걸음 더 가자 소리의 실체가 보였다. 스무여 명의 사람들이 로비에서 뒤엉켜 싸우고 있었다. 산발한 정신병자와 완전 무장한 경호원들 간의 격투는 제법 볼만했다. 하지만 그 틈에 끼어들어 그 너머에 있는 정문을 열어 볼 엄두는 나지 않았다.

"저길 무슨 수로 지나가지?"

하늬가 걱정스러운 목소리로 말했다. 곧바로 순동과 희라가 의견을 냈다.

"저들이 우리 존재를 눈치채지 못하게 살금살금 옆으로 지나가자."

하준도 의견을 냈다.

"그보다 빠르게 정면 돌파를 하는 게 낫지 않아요?"

와중에 원기는 앞선 두 의견과 전혀 다른 의견을 냈다.

"저길 지나지 말자. 다른 문이 있으니까."

그리고 혼자 몸을 틀어 측면 복도로 향했다. 다른 가족들은 한때 병원에 존재하는 모든 문과 창문을 넘으려고 시도했던 원기를 믿고 군말 없이 따랐다. 정작 그도 1층까지 내려와 보는 것은 처음이었지만, 일찍이 병원 동선을 파악하기 위해 열심히 귀동냥을 하고 다닌 덕에 훔쳐 들은 정보가 있었다. 기억에 의지해 재빨리 복도를 지난 원기는 창고라는 문패가 붙은 방을 찾아 문고리를 돌렸다. 다행히 문은 잠겨 있지 않았고 저항 없이 열렸다.

곧바로 가족들의 눈앞에 어슴푸레하게 창고 풍경이 펼쳐졌다. 불 꺼진 이곳이 어둡지 않고 어슴푸레하다는 것은 달빛이 들어오는 창문이 있다는 뜻이었다. 과연, 창고 벽엔 한 사람이 겨우 통과할 수 있는 크기의 창문이 있었다.

"정확히 말하면 문은 아니지만 어딘들 나갈 수만 있으면 됐지, 뭐."

가족들을 무사히 이곳까지 데려온 원기가 어깨를 으쓱하며 말했다. 그리고 솔선해서 미닫이 창문을 열었다. 곧바로 찬 바람이 휘잉 불어왔다. 원기는 얼마 안 남은 머리칼이 그냥 휘날리도록 놔둔 채 창턱 위에 한 발을 턱 올렸다. 바로 그때. 등 뒤에서 탕!

정확하게 탕! 하는 총성이 울렸다.

아니, 한국에서 웬 총성?

원기는 의아한 얼굴을 했다. 동시에 가족들도 믿을 수 없단 얼굴을 했다. 군사시설도 아니고 국정원 본부도 아니고 고작해야 테이저 건이나 쏴 대는 정신병원에서 이게 말이 되나? 총성을 너무 오랜만에 들어서 다른 소리와 착각했나? 생각하며 그들은 고개를 돌렸다.

하지만 제대로 들은 게 맞았다. 그들의 뒤엔 진짜 총을 조준하고 서 있는 다섯 명의 병원 경호원이 있었다. 이를 본 배씨 가족은 깨달았다. 최후의 작전이 망했단 사실을, 망해도 보통 망한 게 아니라 제대로 망해 버렸단 사실을 말이다.

어둡고 축축한 복도를 원장이 거닐었다. 한 발을 내디딜 때마다 저벅이는 발소리가 사방에 울리는 지하 통로를 지나며 그가 말했다.

"진짜 무기를 쓴 건 오랜만이네요."

곧바로 그림자처럼 뒤를 따르고 있던 무솔이 대꾸했다.

"어쩔 수 없었죠. 약속이 깨지면 저희도 곤란하니까요."

원장이 고개를 끄덕이며 동의했다. 사실 이들은 몇 해 전부터 외부에 알려져서는 안 되는 비밀 협약을 맺어 왔다. 국가와, 정확히는 국정원 5과와 말이다.

선량한 시민의 안전을 위해서 수단과 방법을 가리지 않는다는 기치하에 설립된 국정원 5과는 국정원 내에서도 그 존재가 베일에 싸인 독자 조직이었다. 이 조직은 '예방'을 중요시하여, 아직 사회에 해악을 끼치지 않았지만 곧 해악을 끼칠 것 같은 사람들을 '위험인물'로 낙인찍고 미리 제거하곤 했다. 그 중엔 중증 정신 질환자들도 상당수 포함됐다.

오래전, 5과 팀장 한위는 위험인물들을 처리하기 위해 노 원장에게 접근했다. 당시 노 원장은 남다른 의학적 호기심을 채우고자 출처를 알 수 없는 막대한 자본으로 호화로운 병원을 세워서 막 문을 연 상태였다. 한위는 노 원장에게 자신이 보내는 환자들을 맡아서 감금시켜 주면 그 대가로 까다롭게 강화된 '정신 질환자의 강제 입원 기준'이 원장의 병원에는 적용되지 않게 손써 주겠다고 약속했다. 당연히 이 제안은 불법이었고 언론의 질타를 받을 일이었다. 하지만 개인적인 도덕적 신념을 잣대로 보면 원장은 나쁘지 않은 일이라고 판단했다. 자신은 연구를 할 수 있어서 좋고, 팀장은 선량한 시민을 보호할 수 있어서 좋고, 중증 환자들은 장기적인 치료를 받을 수 있어서 좋으니 모두에게 좋은 일 아닌가?

노 원장이 제안을 받아들였을 때, 두 관계자는 피차 하나씩 조건을 내세웠다. 원장은 어떤 경우에도 의사의 신념에 어긋나는 비인도적 행위는 시키지 말라고 했고, 한위는 '위험인물'들이 병원 탈출을 목전에 둔 위급 상황에는 무력을 써서라도, 그러니까 테이저 건 따위 말고 진짜 총을 써서라도 막는 것을 우선시해 달라고 했다.

한 시간 전 상황은 정말로 위급했으니까.

원장은 약속대로 무력을 써서 소동을 진압했다. 1년 전에 5과의 한 요원으로부터 특별히 직접 인계받은 배씨 가족을 하마터면 놓칠 뻔했는데, 무기고에 있던 총을 이용한 덕분에 겨우 저지했다. 원장은 그 일을 후회하지 않았다. 그 대신 다른 일을 후회했다.

원장과 무솔이 걸음을 멈췄다. 굳게 닫힌 철문 앞에 서서 인식기에 마스터 카드키를 갖다 대자 띠링 소리와 함께 잠금이 해제됐다. 문을 열자 방 풍경이 보였다.

텅 빈, 아무도 없는 방 풍경이.

아무래도 조금 더 일찍 무기를 썼어야 했어. 원장은 미간을 구기며 생각했다.

5

패밀리, 격동에 휘말리다

1

어스름이 낀 새벽, 아직 굳게 문이 닫혀 있는 상점가를 한 청년이 지나고 있었다. 꼬질꼬질한 얼굴과 떡이 진 머리로 미루어 걸인 같았지만 이상하게 입고 있는 옷만은 뽀송한 그 청년은 이렇게 혼잣말을 했다.

"전부 다 죽여 버릴 거야."

홀린 듯 이 말만을 반복하는 그는 여섯 시간 전 외딴 정신병원에서 탈출한 격리병동 환자 오이삭이었다. 죽기 아니면 살기라는 심정으로 소동 당시 실탄을 맞고 금이 간 2층 강화유리 창문에 힘껏 몸을 던진 그는 비록 한 다리가 부러지긴 했지만, 어쨌든 병원 건물 밖으로 나간 유일무이한 환자가 되었다.

병원 마당을 한 바퀴 뒹군 이삭은 부러진 위 다리를 질질 끌고 서둘러 주변 숲에 몸을 숨겼다. 그대로 숲을 넘어, 국도를 지나, 걷고 또 걸어 여섯 시간 만에 인근 번화가에 도착했다. 그가 이렇게까지 무리하게 탈출을 한 데는 이유가 있었다.

이삭은 비장한 얼굴로 조금 전보다 긴 문장을 중얼댔다.

"내 조국을 위하여 전부 죽여 버리고 말겠어."

바로 그때, 그의 눈앞에 탈출 이후 처음으로 사람이 나타났다. 남들보다 하루를 일찍 시작하는 환경미화원이었다. 이삭과 눈이 마주친 미화원은 먼저 눈웃음을 지으며 목례했다. 이에 화답하듯 이삭도 목을 위아래로 끄덕이곤 연속 동작처럼 좌우로도 뚝뚝 꺾고 손 관절도 풀었다. 그리고 무방비 상태에 있는 미화원에게 다가가 기습적으로 주먹을 날려서 지갑을 뺏었다. 마음 같아서는 목숨까지 뺏고 싶었지만 소탐대실을 않기 위해 일단 지갑으로 만족했다. 그 길로 미리 봐 둔 버스 정류장으로 가서 첫차를 타고 이동했다.

점심때가 다 되어서 이삭이 도착한 곳은 지방의 어느 소도시였다. 세 번이나 갈아탄 버스에서 내린 그는 익숙하게 좁은 골목으로 들어갔다. 그리고 꼬불꼬불 미로 같은 골목을 한 번도 헤매지 않고 지나서 어느 허름한 빌라 앞에 도착했다.

"드디어 돌아왔네."

감격에 겨운 얼굴로 잠시 빌라를 올려다본 이삭은 서둘러 안으로 들어갔다. 4년 사이 뽀얗게 먼지가 내려앉은 도어록을 열어 비밀번호를 누르고 현관문을 열었다. 그러자 마지막으로 봤을 때와 조금도 달라지지 않은, 매일같이 꿈에 그리던 집 안 풍경이 펼쳐졌다. 발 디딜 틈 없이 더러운 거실과 음식물 쓰레기가 가득한 부엌이 말이다. 이삭은 만족스럽게 그 풍경 속으로 들어갔다. 푹 꺼진 소파에 몸을 던지고 앉아 겨우 한숨을 돌렸다.

"후우."

익숙한 공간이 주는 안도감이 밀려오자 견딜 만했던 다리의 통증이 뒤늦게 격렬해졌다. 하지만 그까짓 통증에 무너질 이삭이 아니었다. 다리가 잘려 나가는 한이 있더라도 그에겐 오늘 반드시 해야 할 일이 있었다.

지난 4년 내내 단 하루도 잊지 않았던 그 일을 완수하기 위해 이삭은 더 이상 시간을 끌지 않고 일어났다. 서둘러 방으로 향하여 낡은 옷장 문을 열고 무더기로 쌓인 옷가지들을 끄집어냈다. 그러자 옷장 바닥에 있는 작은 홈이 드러났다. 그 홈에 손가락을 끼고 바닥을 들어 올리자 비밀 공간이 드러났다. 그 안에는 감춰 둔 수제 폭탄들이 있었다.

이삭은 옷가지들과 함께 떨어진 백팩을 들어 수제 폭탄들을 하나하나 담았다. 적당한 때가 오기 전에 서로 부딪혀 작동하지 않도록 블록을 끼워 맞추듯 조심히 쌓았다. 그리고 묵직해진 백팩을 등에 메고 비장하게 나섰다. 현관에서 언제 다시 돌아올지 모를, 어쩌면 다시는 돌아오지 못할 자신의 집을 눈에 담고 심기일전한 뒤 문을 열었다.

그 순간, 작열하는 햇볕과 함께 뜻밖의 손님이 그를 맞았다. 노크도 없이 문 앞에 서 있었던 불청객, 한위가 무장한 요원 둘과 함께 태양을 후광처럼 등지고 서서 말했다.

"오랜만이다, 오이삭."

깊은 밤, 고요한 사무실에 홀로 앉은 이삭은 닫힌 문을 노려봤다. 하지만 다섯 시간째 그 문은 열릴 기미가 없었다. 밖에서 들려오는 기척도 하나 없었다. 멋대로 사람을 납치해 놓고 밥도 안 주고 방치하는 건 너무하잖아. 이삭은 눈을 부라리며 생각했다.

열 시간 전, 약속도 없이 찾아온 한위는 일방적으로 오랜만이란 인사를 전한 다음 뒤에 서 있던 요원들을 시켜 이삭을 기절시켰다. 급소를 찔러서 단번에.

그로부터 다섯 시간 뒤, 의식을 되찾은 이삭은 즉각 네 가지 사실을 알아챘다. 첫째는 현재 자신이 국정원 본부 사무실에 있다는 것이었고, 둘째는 자신의 몸이 움직일 수 없게 의자에 묶여 있다는 것이었고, 셋째는 자신의 다리가 이미 치료되어 깁스가 되어 있다는 것이었고, 넷째는 자신의 위대한 임무가 또다시 한위에게 저지당했다는 것이었다.

한위와 이삭의 악연은 제법 오래전부터, 정확히는 5년 전부터 시작되었다. 왜 하필 그때부터였냐면 그때쯤 이삭이 깨달았기 때문이다. 자신이 외계 별에서 온 왕자라는 사실을.

15년 전, 파멸을 앞둔 그의 조국은 종족 보존을 위해 어린

왕자를 홀로 우주선에 태워 먼 지구 별로 보냈다. 하지만 떨어질 때의 충격으로 왕자는 모든 기억을 잃었고, 양부모에게 입양되어 자신을 한낱 인간이라고 믿으며 허송세월을 보냈다. 성년이 된 어느 겨울, 우연히 교통사고를 당해 기억이 돌아오기 전까지 말이다. 갑작스럽게 자신이 진짜 어떤 존재인지 깨달은 이삭은 큰 충격에 휩싸인 채 한 가지 결심을 했다. 아직 조국에 남아 있는 백성들을 위해, 그들이 무사히 지구 별로 건너와 정착할 수 있도록 이 땅을 미리 정화해 두겠노라고.

"전부 다 죽여 버릴 거야."

그날 이후, 이런 마음을 품은 이삭은 몇 차례 과감한 실행에 나섰다. 큰 건물에서 방화를 시도하거나 공용 음수대에 독을 풀었다. 하지만 신고 정신이 투철한 몇몇 인간 때문에 매번 시도는 미수에 그쳤고 이내 그의 광기가 한위의 귀에 들어가게 됐다.

미치려면 곱게 미쳐야지.

한위는 아직 미수범에 불과하지만 조만간 테러범이 될 게 분명한 이삭을 '특별 관리 대상'으로 지정했다. 그리고 약 1년간 감시를 이어 오다 그의 범행이 진화하기 직전에 '위험인물'로 등급을 높여서 납치한 뒤 노 원장에게 보냈다. 그것이 4년 전 일이었다.

그런데 도대체.

"그 병원에선 어떻게 나온 거야?"

다섯 시간 만에 드디어 사무실 문을 박차고 들어온 한위가 다짜고짜 물었다. 내내 문을 노려보고 있던 이삭은 깜짝 놀라 어깨를 들썩인 주제에 뒤늦게 조금도 놀라지 않은 척 이기죽거렸다.

"사람을 오랜만에 만났으면 안부부터 물어보는 게 예의 아니야?"

"넌 어차피 사람도 아니라며."

"어쨌든 지구에서 예절을 배웠다고! 넌 평생을 어떻게 배워 먹었길래 만날 때마다 납치야. 저번에는 요상한 병원. 이번에는 삭막한 사무실. 다음에는 또 어디로 보내려고?"

"생각 중이야."

한위는 여유롭게 테이블 맞은편에 앉아 말했다.

"다음에 널 어디로 보낼지는 네 대답에 달렸지. 다시 그 병원일 수도 있고, 더 지독한 감옥일 수도 있고, 원래 네가 살던 집일 수도 있고."

집이란 말이 나오자 이삭의 눈이 살짝 흔들렸다. 이를 감지한 한위가 능숙하게 혀를 놀렸다.

"설마 병원을 탈출하자마자 집으로 돌아갈까 했는데 진짜 와서 나도 놀랐다고. 그 보금자리가 어지간히 마음에 들었나 봐? 기왕이면 안락한 그곳으로 돌아가서 훗날을 기약하는 게 좋지 않겠어? 이번에 압수한 폭탄은 못 돌려주지만 새로운 테러도 연구해 보고 말이야."

"정화야. 테러가 아니라."

"뭔들. 난 아직 내 질문에 답을 못 들었는데."

한위가 몰아붙이자 잃을 것 없는 이안이 순순히 진실을 불었다.

"어떤 여자가 독방 문을 열어 줬어."

"여자?"

"정확히 누군지는 몰라. 그냥 밥 주는 아줌마 같던데? 나이는 50대쯤 됐고 체구가 작았어. 아무튼 문이 열렸으니 일단 나가 봤는데 밖이 아주 난리더라고. 순간 전쟁이라도 난 줄 알았잖아. 그때 어떤 친구가 말해 줬는데 웬 일가족이 주도해서 일을 벌였대."

"일가족?"

"아, 어쩌면 당신도 알지 몰라. 한때 국정원 스파이로 활동했다고 하니까."

"일가족이 국정원 스파이로?"

그 순간 한위의 표정이 프로답지 않게 굳었다. 그리고 하마터면 이렇게 말할 뻔했다.

"그 가족이 아직 살아 있어?"

2

다행히 배씨 가족은 아직 살아 있었다. 너무나도 멀쩡하게. 눈앞에 총구가 겨눠졌을 때, 현명하게 항복을 선언한 덕에 조금의 상처도 없이 외딴 방으로 옮겨졌다.

바로 어제까지 이삭이 살았던 방으로.

그 방은 얼마 전, 원기가 갇혔던 방만큼 삭막하진 않았다. 아무래도 장기 수용을 위한 곳이다 보니 낡은 호텔 방 정도의 인테리어는 갖춰져 있었다. 그렇다고 오래 머물고 싶은 마음이 생기는 방은 아니었다.

그곳에서 배씨 가족은 조금씩 거리를 두고 앉았다. 그리고 각기 생각에 잠겼다. 어디서부터 잘못되었을까. 잔뜩 공들인 최후의 작전이 실패로 돌아간 뒤 가족들은 모두 말을 아꼈다. 자정이 지나고 새벽이 가까워졌을 즈음에야 하늬가 겨우 이런 소리를 뱉었다.

"아무리 생각해도 우린 이번에 반드시 성공해야 했어요. 더는 다른 수가 없어요."

그 말에 순동과 희라가 부정했다.

"아니야. 살아 있는 한 언제나 기회는 있어."

"그래. 감사할 것도 있고. 최소한 우리 가족은 모두 무사하잖아."

"맞아. 다 같이 힘을 합치면 혹시 알아? 저 문을 부술 수 있을지도."

"벽을 부숴도 괜찮고."

그들은 각각 철문과 시멘트 벽을 가리켰다. 그러자 원기가 혀를 내두르며 끼어들었다.

"되겠냐? 하여간 머릿속이 꽃밭들이라니까. 현실적으로 생각해 봐. 내 능력이라도 있으면 모를까. 능력도 없는 마당에 여길 어떻게 빠져나가?"

말을 마친 원기가 보란 듯 딱딱한 벽을 발로 쾅 찼다. 이를 본 하늬가 고개를 저었다.

"아니죠. 애초에 그놈의 능력 때문에 여기에 갇힌 거죠. 그냥 살던 대로 살았으면 좋았을걸. 괜히 팔자에도 없는 스파이는 돼 가지고."

하늬가 이렇게 한탄하자 줄곧 침대에 누워 천장만 보고 있던 하준이 입을 열었다.

"워워, 진정해. 지금 그런 후회를 해서 뭐 해?"

"그럼 뭘 해야 하는데?"

"모르지. 그래도 어떻게든 되겠지. 지금까지 늘 그랬잖아."

"그랬지. 나 혼자 쎄빠지게 머리를 굴렸으니까. 지금도 봐. 나만 생각하고 있잖아. 오빠는 누워서 멍이나 때리고 있고."

그 말에 하준이 일어나 앉아서 반격했다.

"차라리 너도 그냥 누워 있지 그랬냐? 솔직히 우리가 지금 이러고 있는 건 죄다 너 때문 아냐? 네가 《파랑새》 책을 갖고 와서 나대지만 않았어도 지금쯤 저 위에서 편하게 지내고 있을 거야."

"장난해? 평생 여기서 살 생각이었어? 어쨌든 탈출은 해야 했잖아. 막판에 총만 안 나왔어도 내 계획은 완벽했다고!"

"그거까지 계산했어야지."

"말이라고 쉽게 하네. 까놓고 제일 아무 일도 안 했으면서."

"뭔 소리야? 나도 나름 열심히 움직였다고!"

남매의 언성이 높아졌다. 이를 지켜보고 있던 원기가 더는 못 봐주겠단 듯 호통을 쳤다.

"둘 다 조용히 해!"

딱히 말리기 위해선 아니었고 그냥 자신의 의견을 밝히고 싶어서였다.

"내 생각에도 하준이가 가장 아무 일도 안 한 게 맞다. 제 일 팔팔한 놈이 말이야. 연로한 할아버지가 생고생하는 동안

슬렁슬렁 여유나 부리고."

그때 순동과 희라가 어이없단 듯 나섰다.

"아버지, 지금 우리끼리 공과를 나누면 어떡해요? 이런 때 일수록 가족이 하나가 돼야죠!"

"그러니까요. 이럴 시간에 다 같이 벽이나 발로 차 보면 어때요?"

곧바로 하늬가 순동과 희라를 보고 소리쳤다.

"헛수고라니까요! 우린 여기서 절대로 나갈 수 없다고요!"

그 말이 떨어짐과 동시에 모든 가족들이 일제히 입을 열었다. 너는 왜 이렇게 끈기가 없냐, 너희는 왜 이리 현실감각이 없냐, 우리 가족은 다들 너무 심각하다, 너는 매사 심각할 줄을 모른다 등등. 모두 자기 하고 싶은 말을 동시다발적으로 했다. 그래서 결과적으로 누구의 말도 알아들을 수 없을 정도로 소음이 좁은 방 안에 가득 찼다. 그 소음은 점점 걷잡을 수 없이 커져 갔다. 그러다 의외로 아주 작은 소리에 멎었다.

띠링.

문밖에서 잠금이 해제되는 기계음이 들린 순간, 가족들은 약속이라도 한 듯 입을 다물었다. 그리고 문을 열고 들어온 노원장에게 우르르 몰려가서 외쳤다.

"우린 여기에 있으면 안 돼요!"

가족들은 지나친 소동을 일으킨 건 미안하지만 자신들은 애초에 이 병원에 있을 사람들이 아닌데 원장이 퇴원시켜 주지 않아서 불가피하게 탈출을 감행한 것이라고 은근슬쩍 원장에게 책임을 미뤘다. 그리고 이제라도 자신들을 풀어 달라고 요구했다.

"아니면 최소한 저 위로 다시 올라가게라도 해 줘요. 일반 병동으로."

하지만 원장은 딱 한마디로 가족들의 장황했던 주장과 요구를 일축했다.

"유감입니다."

뒤이어 덤덤하게 가족들에게 닥친 절망적인 현실을 알려 주었다. 이제까지 배씨 가족은 병원 외부의 기준에 따라 '위험 인물'로 분류되었지만 원장 자신이 보기엔 그다지 위험해 보이지 않아서 자율성을 보장해 주었는데, 이런 위험한 소동을 벌인 이상 더는 그냥 둘 수 없어서 앞으론 격리병동에서 생활하게 될 것이라고 말이다. 당연히 이를 받아들일 수 없었던 배씨 가족은 격분했다.

"우린 미치지 않았다니까!"

그러나 이미 처분을 결정한 원장은 마음을 돌리지 않았다. 할 말을 다 한 그는 미련 없이 방을 나섰다. 떠나기 전 마지막으로 세 문장을 남기고서.

"원래 미친 사람은 자기가 미친 줄 몰라요. 여러분이 소동에 이용한 환자들은 모두 자신이 정상이라고 믿었잖아요. 사실은 여러분도 그들과 같아요."

3

어둠이 깔린 자정, 검은 세단이 도로 위를 달리고 있었다. 운전석에 앉은 한위는 어느새 평소 같은 차분한 낯빛으로 돌아왔다. 하지만 평소보다 거친 핸들링에서 여전히 불편한 심경이 드러났다. 동시에 1년 전 마지막으로 봤던 이상한 가족을 떠올렸다.

배씨 가족은 나쁜 사람들은 아니었지만 정상도 아니었다. 순박한 겉모습과 달리 웬만한 미친놈들보다 문제가 심각해서 언제든 국가안보에 위협이 될 여지가 있었다. 그래서였다. 그들을 '특별 위험인물'로 지정하고 사살 명령을 내린 것은.

그로서도 마음이 편한 결정이 아니었으나 어쩔 수 없었다. 일가족의 목숨과 한 국가 전체 시민의 목숨은 굳이 저울에 올려 보지 않아도 어느 쪽이 더 무거운지 명확했으니 말이다.

'그런데 아직 그 가족이 살아 있다는 건….'

고요한 차 안에 휴대폰 벨 소리가 울렸다. 한위가 블루투스로 연결된 스피커폰으로 받았다. 곧바로 그의 왼팔을 자처하는 5과 요원 우기수의 목소리가 들렸다.

"이미 도망친 것 같습니다."

기수는 자신의 동기이자 한위의 공공연한 오른팔인 남태성이 어젯밤 '정신병원 탈출 소동'에 대해 보고받자마자 잘못이 들통날 것을 염려해 미리 자취를 감추었다고 전했다. 그의 잘못이란, 1년 전 '특별 위험인물'을 멋대로 '위험인물'로 강등시켜 사살 명령을 어기고 정신병원에 가둔 거였다.

"어떻게 할까요? 쫓을까요?"

기수의 물음에 한위가 즉각 답했다.

"아니."

특별히 태성을 아껴서 도망칠 시간을 벌어 주기 위함이 아니었다. 그보단 더 급한 문제를 먼저 처리해야겠단 계산과 태성이야 언제든 잡을 수 있다는 자신감에 의한 대답이었다.

"남태성은 일단 두고, 다른 애들 모아서 거기로 와."

자정이 넘은 시각, 가로등 하나 없는 깜깜한 정신병원 마당에 갑자기 환한 빛이 비쳤다. 그 정체는 헤드라이트였다.

당당하게 두 줄기 헤드라이트를 켜고 나타난 세단 한 대가 마당 깊숙이 들어와서 정차했다. 뒤이어 다른 세단들도 불빛으로 존재감을 과시하며 줄줄이 나타났다. 삽시간에 마당을 가득 채운 세단 안에서 보호복을 입은 요원들이 내렸다. 그들은 신속하게 2열 종대로 줄을 서서 건물 정문으로 향했다.

쾅쾅.

선두에 선 요원이 문을 두드리자 첫 세단이 들어왔을 때부터 마당을 주시하고 있던 당직 경호원이 문을 열어 줬다. 그는 경계심이 가득한 얼굴로 물었다.

"무슨 일이시죠?"

문을 두드렸던 요원은 대답 대신 뒤를 돌았다. 그러자 뒤에서 한위가 등장했다. 양옆으로 갈라지는 요원들 사이를 유유히 걸어 나와 맨 앞에 서서 말했다.

"이 병원에 착오로 잘못 입원시킨 사람들이 있어서 데리러 왔습니다."

"당신들은 뭐 하는 사람들인데요?"

"자세한 얘기는 원장과 직접 하겠습니다. 노송해 원장님을 불러 주시죠."

"지금은 너무 늦었으니 내일 다시 오세요."

"지금 부르시죠."

한위의 고압적인 태도에 살짝 기분이 상한 경호원은 표정이 굳어졌다. 소싯적 동네에서 한주먹 했던 그는 불쾌감을 숨기지 못했다. 하지만 태도와 별개로 순순히 무전 버튼을 누르긴 했다. 당장 눈앞에 벌어진 상황이 뭔진 몰라도 보통 일이 아니란 걸 판단할 정도의 눈치는 있었기 때문이다. 경호원은 무전에 대고 상황을 설명했다. 그러자 1분도 채 안 되어 그의 상관이 자신의 상관까지 대동하고서 등장했다.

무솔과 함께 로비로 내려온 원장이 정문까지 다가가서 한위를 맞았다.

"아이고, 오랜만입니다."

원장의 능청에 한위가 싸늘하게 대꾸했다.

"그러게요. 좋은 일로 뵈었다면 더 좋았을 텐데요."

"어제 불미스러운 사고가 있기는 했지만, 뭐. 결과적으로 잘 해결되지 않았습니까? 오늘 아침에 오이삭을 잡으셨다고 들었어요. 저희도 백방으로 찾고 있긴 했는데 역시 정부 요원보다 빠를 순 없네요. 이참에 그를 따로 관리하시려고요? 직접 퇴원시키러 오신 건가요?"

"아니요. 오이삭 말고 다른 환자를 퇴원시키러 왔습니다."

"누굴요?"

"배원기, 배순동, 양희라, 배하준, 배하늬. 이렇게 총 다섯 명이요."

뜻밖의 이름들이 연달아 거론되자 원장이 고개를 갸우뚱했다.

"그 가족이 이번 소동의 주범들인 건 맞지만 당장에 퇴원시켜서 뭘 어쩌시려고요? 테러 미수범들이 아니라서 감옥에 넣기도 애매할 텐데. 그냥 이곳에 두시는 편이 낫지 않나요?"

그 말에 한위가 단호히 대꾸했다.

"아뇨. 그들은 애초에 이곳에 있어서는 안 됐습니다."

이해할 수 없는 대화 흐름에 원장이 더 말을 붙이지 않고 생각에 잠겼다. 그들은 애초에 이곳에 있어서는 안 됐다니. 1년 전 그들을 데리고 온 사람은 분명 5과 요원 남태성이었는데 말이다. 그 당시 태성은 한 가족이 우연히 5과와 한위의 존재를 알게 되었는데 그 사실을 요상한 망상과 결부해 본인들을 초능력자 스파이라고 주장하고 있으니 장차 그들을 이곳에서 치료해 주고 동시에 5과와 한위를 잊게 해 달라고 부탁했다. 그때 원장은 그 부탁을 물리치지 않았다. 자신은 연구를 할 수 있어서 좋고, 환자들은 치료를 받을 수 있어서 좋고, 5과와 한위는 정체를 숨길 수 있어서 좋으니 모두에게 좋은 일이라고 판단했기 때문이다. 하지만 지금 한위의 반응으로 봐선 그렇지 않았던 게 분명했다. 아마도 한위는 그 당시 자신의 정체를 숨길 다른 방법을 강구했던 것 같았다. 보다 편리하고 확실한 방법을.

잠깐 생각한 끝에 한위의 의중을 눈치챈 원장이 말했다.

"그 가족은 퇴원시킬 수 없습니다."

이전과 달리 단호한 태도로 확언했다.

"이 병원에 들어온 이상 모든 환자 관리는 제 소관입니다."

그러자 한위가 날을 세우며 맞섰다.

"관리를 제대로 하고 계신 게 맞나요? 불과 어제 큰 실수가 있었잖아요."

"실수로 따지면 5과도 했죠. 애초에 잘못된 환자를 보냈으니까요."

"어쨌든 먼저 약속을 깬 건 병원 측입니다. 문제 삼지 않을 테니 협조 부탁드립니다."

"그건 다른 문제죠. 죄송하지만 협조할 수 없습니다."

"원장님. 전 더 이상 무례하게 굴고 싶지 않아요."

"괜찮습니다. 어차피 못 하실 겁니다."

순식간에 로비 분위기가 험악해졌다. 원장도 한위도 한 치도 물러나지 않자 그들의 뒤에 열 지어 선 경호원들과 요원들도 덩달아 각을 세웠다. 누구라도 섣부른 움직임을 보이면 당장에 전투가 시작될 것 같은 팽팽한 긴장감이 오갔다. 바로 그때. 손가락 하나 까딱하기 힘든 냉전 속에서 감히 아무도 상상하지 못한 선전포고 소리가 들렸다.

탕.

어느 쪽에서 발포했는지 모를 총성이 로비 가득 울렸다. 깜짝 놀란 경호원들과 요원들은 잠시 숨을 죽이고 있다가 곧 누가 먼저랄 것도 없이 서로에게 달려들었다. 가! 막아! 상반된 외침이 양측에서 터져 나왔고 허물어진 경계선 주위로 모든 이들이 뒤엉켰다. 그들은 곧 두셋씩 짝을 이루어 야단스럽게 각개전투를 벌이면서 1층 전체를 전장으로 만들었다.

4

지상에서 자신들을 차지하기 위한 치열한 전투가 벌어지고 있는 줄 꿈에도 모르는 배씨 가족은 지하에서 조용히 시간을 보내고 있었다. 작은 방 안에 멀찍이 떨어져 앉아서 각자 골똘히 생각에 잠겼다. 원장이 미끼처럼 던져 주고 간 말. "원래 미친 사람은 자기가 미친 줄 몰라요"라는 그 말을 덥석 물고 한참을 곱씹었다.

평소 누가 생각할 거리를 준다고 실제로 생각하는 경우가 드문 그들이지만, 그러니까 "그쪽을 위해서 하는 말인데 성격을 좀 바꿔 보는 게 어때요?"라든지 "생각을 좀 달리 해 보는 게 어때요?" 따위의 친절과 관심을 가장한 가스라이팅 따위는 가뿐하게 무시하는 그들이지만, 이번만큼은 원장의 말을 무시할 수 없었다.

가족들은 지난 1년간 뇌리에 스치는 것조차 끔찍해하며 애써 부정해 왔던 생각, '어쩌면 우리 가족은 전부 미쳤는지도 몰라'라는 생각을 처음으로 피하지 않고 진지하게 파고들었다. 그리고 왜 하필 자신들이 존재하지도 않는 국정원 5과 강한위라는 사람 밑에서 '초능력자 스파이'로 활동했다고 망상했는지 따져 보았다. 이제껏 원장은 그 이유에 대해 배씨 가족이 기존의 삶에 만족하지 못해서 파랑새증후군에 걸린 탓이라고 설명했는데.

글쎄.

솔직히 배씨 가족은 초능력을 지니기 전의 삶에 그리 큰 불만이 있지 않았다. 물론 열심히 한 일이 어그러지거나, 쥐꼬리만 한 월급이 지난달 카드비로 사라지거나, 저게 사람인가 싶은 진상들을 상대할 때면 삶에 회의가 들긴 했다. 하지만 사회인은 모두 그렇지 않은가? 가끔 스스로 초라하게 느껴지는 날들이 있긴 했지만 그만큼 보람 있고 만족스러운 날들도 분명 있었다. 전반적으로 평가하면 꽤 괜찮은 나날이었다.

그런데 왜?

생각에 생각을 거듭한 끝에 가장 먼저 생각의 밑바닥에 도달한 사람은 원기였다. 그는 아무리 파헤쳐도 달라지지 않는 결론을 큰 소리로 선언했다.

"아무리 생각해도 우린 미치지 않았어."

그 선언은 곧바로 반향을 일으켰다. 아직 생각의 늪을 헤매고 있던 가족들은 일제히 정신을 차리고 생각을 갈무리했다. 그래, 망상의 근원을 찾을 수 없는 이유는 간단하지. 애초에 근원 자체가 없었으니까! 우린 망상을 한 게 아니야. 사실을 기억한 것뿐이야.

웬만한 말재간으로는 도무지 기를 죽일 수 없는 배씨 가족은 뒤늦게 들고 일어섰다. 그들은 자신들에게 벌어진 일이 얼마나 비현실적인지, 남들이 자신들을 얼마나 비정상적으로 여기는지 괘념치 않고 스스로의 기억과 느낌을 온전히 믿었다. 그래서 굳게 닫힌 문 앞에 옹기종기 서서 원장을 다시 불러오라고 큰소리쳤다.

"원장 오라고 해! 아까는 우리가 정신이 없어서 제대로 말을 못 했는데, 이제 준비가 됐으니까 다시 대화를 좀 해 보자고! 원장 안 되면 아무나 와서 일단 문부터 열어 봐!"

바로 그 순간 밖에서 띠링, 잠금이 풀리는 소리가 들렸다. 문을 열라고 소리치긴 했지만 막상 진짜로 열릴 줄은 몰랐던 배씨 가족은 깜짝 놀라서 한 발짝 물러섰다. 그러자 곧 문을 연 사람이 방 안으로 한 발짝 들어왔다.

"네가 왜?"

가족들은 갑자기 등장한 이안을 황당하게 보았다. 그러자 이안이 다급하게 말했다.

"시간 없으니 얘기는 가면서 하죠."

배씨 가족은 이안을 따라 지상으로 올라갔다. 계단에서부터 들려오기 시작한 격투 소리는 격리병동 철문을 열자마자 더 거세졌다. 1층 복도에 진입하고부터는 사활을 걸고 싸우는 한 세트의 요원과 경호원의 조합이 심심찮게 보였다. 싸우다가 배씨 가족을 본 요원이 그들에게 달려들면 경호원이 이를 저지하며 시간을 벌어 줬다. 그 덕분에 무사히 요원들의 손아귀에서 벗어난 배씨 가족은 쉬지 않고 로비까지 달렸다.

로비에 거의 가까워졌을 무렵, 하늬가 속도를 내서 앞서가는 이안을 따라잡고 물었다.

"대체 뭐가 어떻게 된 거예요?"

그러자 내내 달리기만 하던 이안이 설명을 시작했다.

"말했잖아요. 소동이 벌어지면 틈이 생길 거라고."

사실 그는 처음부터 알고 있었다. 무솔의 보안을 뚫고 다섯 명 이상의 사람이 건물 밖으로 나가는 일까진 어찌어찌 가능하더라도 마당 밖까지 나가는 일은 절대 불가능하다는 걸.

여러 사람이 무사히 병원 부지를 탈출하기 위해서는 정말이지 어마어마한 소동이 필요했다. 그 소동은 일반 병동 환자들을 총동원해선 만들 수 없었다. 격리병동 환자들을 끌어들여도 마찬가지였다. 그보다 더 위협적인 사람들, 경호원에 버금가는 신체 능력을 보유하고 있으면서 언제든 무기 사용이 가능한 정부 요원 정도는 불러들여야 만들어 볼 법했다.

그래서였다. 지난밤 배씨 가족을 먼저 1층으로 보낸 뒤 경호원들에게 그 사실을 알려 주어 뒤를 쫓게 만든 것은. 이후에 이안은 실탄이 든 총 하나를 훔쳐서 2층 창문을 쏘았다. 그리고 금이 간 창문을 향해 국정원이 입원시킨 위험인물 이삭이 몸을 던지도록 종용했다.

"여기서 떨어지면 다치지 않을까?"

이삭은 두려워했으나 이안은 능숙하게 그의 망상을 자극했다.

"설령 조금 다치더라도 조국을 위해서라면 할 수 없죠."

그리고 이 소동을 일으킨 이들은 한때 국정원 요원으로 활동했던 일가족인데, 이런 기회는 두 번 다시 없을 테니 서둘러 나가라고 부추겼다. 그 말에 심기일전한 이삭은 망설임 없이 창문에서 뛰어내렸다. 하지만 목숨을 건 시도가 무색하게 단 하루 만에 한위에게 잡혀 버렸고 이안이 바라던 대로 그가 마지막에 해 준 얘기를 고스란히 전했다.

"그 가족은 분명히 살아 있어요. 이름도 들었는데. 뭐라더라? 배…."

그 정보 덕분에 국정원 요원들이 단 두 시간 만에 정신병원으로 몰려왔다. 그리고 배씨 가족을 내놓으라며 경호원들과 맞붙었다. 자연스럽게 이전과는 다른 규모의 어마어마한 소동이 벌어졌고 그 틈에 배씨 가족과 이안은 무사히 로비에 도착했다.

여기까지 설명을 들은 하늬는 차오르는 배신감을 접어 두고 우선 궁금한 점부터 물었다.

"그러니까 격리병동에 있던 환자들은 국정원이 입원시킨 위험인물이었고 그중 한 명인 이삭이 탈출했을 때 요원들이 나서서 잡았단 건 알겠어요. 근데 이삭이 우리 얘기를 했을 때 요원들은 왜 병원으로 몰려온 거예요? 우리는 위험인물도 아닌데."

"네. 위험인물은 아니죠. 더 위험한 인물이라서 문제죠."

"무슨 소리예요?"

"애초에 격리 대상이 아니라 사살 대상이었다고요. 원칙대로라면 우리는 오래전에 죽었어야 했어요. 그런데 한 요원이 임의로 살려 준 거예요."

그 순간 하늬의 머릿속에 오래된 의문이 떠올랐다. 잠이 오지 않는 밤이면 종종 하던 생각.

'그 밤, 남태성은 왜 수면제가 든 음료수를 줬을까? 독이 든 음료수가 아니라.'

그 의문에 대한 실마리가 1년 만에 풀렸다. 하늬는 잠시 속이 시원해지는 기분이었다. 하지만 곧 머리를 강타하는 새로운 의문에 자신도 모르게 목소리를 높였다.

"잠깐만요! 방금 우리라고 했어요?"

그러고 보니 지금까지 이안은 줄곧 우울한 소리를 늘어놓았을 뿐 딱히 특이한 증상을 보인 적이 없었다. 아무리 중증이라 해도 평범한 우울증 환자가 이곳에 2년이나 있었을 린 없는데. 뒤늦게 그 사실을 깨달은 하늬가 서둘러 다음 질문을 이었다.

"서이안 씨, 이곳에 들어오기 전에 뭐 했어요?"

그러자 이안이 슬슬 물어볼 줄 알았다는 듯 망설임 없이 답했다.

"초능력을 쓰는 5과 요원이었어요."

바로 그때, 한 요원이 이안의 앞길을 막아섰다. 이안은 단숨에 그 요원의 팔을 꺾고 바닥으로 내리꽂은 뒤 정문 근처를 보았다. 최초로 소동이 벌어졌던 그곳은 한눈에 봐도 전쟁 통이 따로 없었다. 수십 명의 요원과 경호원이 어지러이 뒤섞여 있었다.

이안은 굳이 그 틈새를 파고들지 않고 측면 복도로 들어섰다. 그리고 어젯밤 원기가 인도했던 창고 문을 부수고 들어가서 임시방편으로 덧대어 둔 판자를 뜯어내고 가려져 있던 창문을 열었다. 곧바로 휘잉 찬바람이 창고를 채웠다. 이안은 빨리 오라고 손짓하며 원기, 순동, 희라, 하늬, 하준이 차례로 나갈 수 있도록 도와주고 마지막으로 본인도 창턱을 넘었다.

무사히 건물 밖으로 빠져나온 여섯 사람은 뒤도 돌아보지 않고 마당을 가로질렀다. 누구도 뒤쫓지도, 뒤쫓을 수도 없는 상황인 줄 알지만 그래도 쓸데없는 여유를 부리지 않고, 진로를 방해하는 세단들을 요리조리 피하는 대신 막 밟고 넘어가며 빠르게 마당 끝에 당도했다. 곧이어 주위를 둘러싼 어두운 숲으로 황급히 자취를 감췄다.

그렇게 어느 달 밝은 밤, 마침내 배씨 가족과 이안은 정신
병원 탈출에 성공했다.

6

세 번째 미션: 생존

1

1년 만에 자유의 몸이 된 배씨 가족이 가장 먼저 갈 곳은 정해져 있었다. 그토록 그리웠던 그들의 집! 그곳이면 좋겠지만 안타깝게도 아니었고, 오래전 우연찮게 초능력을 얻었던 산이었다. 사실 불과 30분 전까지만 해도 가족들은 정신병원을 탈출하면 초능력이고 호화로운 삶이고 싹 다 잊어버리고 원래의 삶으로 돌아가려 했다. 하지만 5과 요원들이 자신들을 죽이려고 혈안이 되어 있단 걸 안 이상 그럴 수 없었다. 어떻게든 초능력을 되찾아야만 싸우든 거래를 하든 목숨을 보전할 수 있을 터였다.

"근데 운 좋게 초능력을 되찾는다 해도 갑자기 또 사라져 버리면 어떡해요?"

병원을 둘러싼 숲을 빠져나가다가 하늬가 의미 있는 지적을 했다. 확실히 그럴 가능성이 있었다. 하지만 심각하게 논의되진 않았다. 먼저 해결해야 할 문제가 있었기 때문이다.

"우선 초능력부터 되찾고 얘기하자."

다른 가족들이 입을 모아 이렇게 말했다. 그리고 가장 시급한 문제에 대해, 그러니까 신묘한 짐승이 사는 산으로 갈 방법에 대해 논의했다.

"그냥 이대로 쭉 걸어갈까?"

순동이 호기롭게 제안했다.

"안 되지. 5과 요원들이 언제 쫓아올지 알고."

희라가 반대하며 다른 의견을 냈다.

"일단 차도로 내려가서 어떻게든 차를 구해 보자. 히치하이킹이라도 해 보자고."

하지만 원기가 고개를 저었다.

"누가 태워 주겠냐? 한밤중에 모르는 사람 여섯 명을."

일리 있다고 생각한 하준이 고개를 끄덕였다.

"그렇죠. 남의 차를 얻어 타느니 차라리 뺏어 버리는 게 낫죠. 이건 어때요? 제가 차도에 아픈 척하고 누워 있을게요. 그때 누가 차를 세우면."

"장난해?"

하늬가 하준의 말을 끊고 희라의 의견에 힘을 실었다.

"그럴 바에야 그냥 히치하이킹을 해. 큰 트럭이 지나가면 내가 선두로 다가가서 유혹해 볼 테니까."

"네가 뭘 한다고?"

하준이 어이없다는 표정을 지었다. 그 타이밍에 원기가 조용히 자신의 의견을 피력했다.

"난 차량 탈취에 한 표다. 그 쪽이 더 가능성 있을 거 같아."

한참 동안 배씨 가족은 이동 방법을 정하지 못한 채 의견만 주고받았다. 그사이 어느덧 숲길은 끝이 났다. 일단 숲을 빠져나온 가족들은 이어진 도로변으로 나아가 주위를 둘러봤다. 그러자 저 멀리 숲 자락 아래 있는 승합차 한 대가 보였다.

"가만, 저 차는 뭐야?"

가족들은 선 자세에서 경계 태세를 갖췄다. 바로 그때였다. 이제껏 있는 듯 없는 듯 조용히 뒤에 있던 이안이 갑자기 걸음을 빨리하여 승합차로 다가가 운전석에 탔다. 배씨 가족은 얼떨떨해하며 이안을 따라 차에 올랐다.

"이거 그쪽 차예요?"

조수석에 탄 하늬가 묻자 이안이 답했다.

"아뇨. 친구 차예요. 제가 병원을 탈출하면 멀리 도망갈 수 있도록 여기에 두겠다고 약속했거든요. 2년 전에."

대답을 마친 이안이 서둘러 시동을 걸고 액셀을 밟았다. 다행히 승합차는 무리 없이 굴러갔다. 차가 어둠을 뚫고 도로를 달리기 시작하자 하늬가 인상을 찌푸렸다.

"아니, 이런 차가 준비되어 있으면 진즉 말 좀 해 주지. 우리가 하는 얘길 그냥 듣고만 있었어요?《파랑새》책에 그림을 그랬던 것도 그쪽 맞죠?"

이번에도 이안은 순순히 답했다.

"네. 혼자서는 도저히 그 병원을 탈출할 수 없어서 도움을 받고 싶었거든요. 근데 그 전에 확인이 필요했어요. 여러분이 진짜 초능력자였는지 그냥 미친 사람인지. 만일 전자라면 그 그림을 보고 가만 못 있을 거라고 생각했죠."

"나 참, 자살 시도도 일부러 한 거예요? 우릴 격리병동으로 유도하려고?"

"네. 그 정도 공은 들여야 한다고 생각했어요."

"그렇게 공들여서 진짜라는 걸 확인했으면 다음 계획까지 전부 공유할 것이지. 우리하곤 2중 작전을 짜는 척하면서 실제론 3중 작전을 짠 건 무슨 경우예요?"

"그건…."

이안은 잠시 말끝을 흐리다 답했다.

"여러분이 진심으로 날뛰어 줘야만 병원 사람들을 속일 수 있을 거 같았어요. 그래서 어쩔 수 없이 먼저 속였어요. 죄송해요."

예상한 답이긴 했지만 그래도 막상 들으니 새삼 열받은 가족들은 저마다 한마디씩 하려고 입을 열었다. 그러다 문득 자신들도 같은 이유로 다른 환자들을 속였단 사실이 기억나서 입을 다물었다. 그래 뭐, 결과적으로 이안 덕에 무사히 탈출하기는 했으니까. 깔끔하게 지난 문제를 잊어버리기로 한 배씨 가족은 차창 밖으로 고개를 돌렸다. 그리고 앞으로 닥칠 만만 찮은 문제들을 생각하며 쾌청한 하늘 아래 펼쳐진 검은 도로 를 보았다.

한참을 달린 승합차는 아직 어둠이 가시지 않았을 때 목 적지에 도착했다. 문제의 산이 시야에 들어오기 시작하자 배 씨 가족은 제각기 긴장의 끈을 조였다. 그런데 막 산으로 들어 가기 직전, 이제껏 운전에 얌전히 집중하던 이안이 갑자기 돌 발 행동을 했다. 핸들을 옆으로 꺾어 곧게 뻗은 길에서 벗어나 산기슭에 차를 세웠다. 당황한 가족들 중 순동이 물었다.

"왜 그래요?"

그러자 이안이 달갑잖은 제안을 했다.

"여기서부터는 걸어가죠."

가족들은 일제히 반대했다. 산속 깊이 들어가려면 한참 걸 릴 테니 적어도 중턱까지는 차를 타고 가자고 말이다. 하지만 이안은 고집을 꺾지 않았다.

"안 돼요."

덧붙여 거절할 수 없는 이유를 댔다.

"산속에서 차 소리가 나면 5과 요원들이 우리를 금방 찾아 낼 거예요. 안 그래도 지금쯤 병원을 떠나 여기로 오고 있을 테니까요."

"우리가 이 산으로 온 줄 어떻게 알고요?"

"초능력을 되찾을 수 있는 곳이 여기밖에 없잖아요. 5과는 옛날부터 알고 있었어요. 이 산과 그 짐승의 존재에 대해서. 저보다 선배였던 한 초능력자가 다 말해 줘서."

그 순간 배씨 가족은 어떻게든 짐승의 존재를 숨기려고 거짓말했던 과거 자신들의 모습을 떠올리며 자괴감을 느꼈다. 어쩐지 우리한테 초능력의 출처를 열심히 안 묻더라니. 이미 알고 있어서였구만. 가족들은 5과가 보기보다 물렁하지 않다고 생각했다. 그때 이안이 가족들의 생각을 짐작이라도 한 듯 설명을 이었다.

"그렇지만 아무리 5과라도 그 짐승에 대해 딱히 많은 걸 알고 있진 않아요. 이름도, 정체도, 사는 곳도, 먹는 것도. 사실상 아무것도 모르죠. 몇 년간 뭐라도 알아내 보려고 이 산에 덫을 설치하고 CCTV를 달아 뒀지만 전혀 수확이 없었어요. 실체가 확인된 적도 없고요. 현재로서 5과가 아는 정보는 딱 하나. 그 짐승이 이 산에 살며 자신에게 먹을 걸 나눠 주는 인간들에게 내키는 대로 능력을 나누어 준다는 것뿐이에요."

그 말에 원기가 불길한 얼굴을 했다.

"내키는 대로라니. 우릴 도와줄지 말지 완전 녀석 맘이란 거구만."

이안이 고개를 끄덕였다.

"그렇죠. 사실은 안 도와줄 확률이 더 커요. 이제껏 5과가 온갖 산해진미를 대령하면서 녀석을 꼬셔 봤지만 전혀 효과가 없었으니까요. 이건 제 생각인데 뭔가 불손한 의도를 품고 접근할 땐 나타나지 않는 거 같아요."

곧바로 하준이 팔짱을 끼며 인상을 썼다.

"그렇다면 곤란한데요. 우리 의도는 완전 불손하잖아요. 초능력을 또 달란 거니까."

이안이 그렇다고 동의했다. 하지만 어쩔 수 없지 않느냐고 덧붙여 말했다.

"지금으로선 도전해 보는 수밖에 없잖아요?"

확실히 그 수밖에 없긴 했다. 가족들이 수긍하자 이안은 앞장서서 걸음을 옮겼다. 한때 이 산에서 심마니로 일하며 짐승을 여러 번 봤다던 선배의 경험담을 토대로 짐승이 출몰할 가능성이 가장 큰 장소를 점찍어 가족들을 이끌었다. 그때 잠자코 따르던 가족들 중 희라가 조심스레 물었다.

"그런데요. 우린 그 선배에 대해서 들어 본 적이 없는데. 그 사람은 지금 어디 있어요?"

그러자 이안이 짐작 가능한 최악의 답을 내놓았다.

"선배는 3년 전에 죽었어요. 능력이 사라지자마자 강한위한테요."

깊은 밤, 마지막으로 사람이 밟은 것이 언제였는지 모를 으슥한 땅을 여섯 사람이 차례로 지나고 있었다. 사방에 깔린 안개를 헤치며, 앞길을 가로막는 수풀과 나무줄기와 거미줄을 해치우며, 뚝심 있게 나아가다 보니 어느덧 중턱을 지났다. 그대로 깊고 어두운 산 한복판을 얼마간 더 걸어가자 마침내 선두에 서 있던 이안이 말했다.

"여기예요."

곧바로 걸음을 멈춘 가족들이 주위를 살폈다. 과연 그들이 도착한 곳은 처음 짐승을 만난 곳과 지형지물이 비슷했다. 수풀이 잔뜩 우거져 있고 큰 나무가 하늘을 가리고 있지 않아 대지 위에 푸르른 달빛이 담뿍 내리쬐고 있었다.

"좋네. 그럼 준비해 볼까?"

가족들은 서둘러 손에 들고 있던 봉지를 열었다. 산을 오르기 전에 근처 편의점에서 빵, 과자, 김밥, 젤리, 초콜릿 같은 각종 먹거리를 사 담은 봉지였다. 먹거리를 하나하나 끄집어낸 가족들은 낱개 포장을 일일이 뜯어 바닥에 깔았다. 그리고 주위에 적당히 둘러앉아 숨을 죽였다. 이로써 짐승을 맞이할 준비는 다 끝낸 셈이었다.

"제발 와 주면 좋겠는데."

희라가 간절한 얼굴로 말했다. 그 결과는 오로지 시간이 알려 줄 터였다.

배씨 가족과 이안은 잠잠이 시간을 흘려보냈다. 새벽 어스름을 고스란히 느끼며 짐승을 기다렸다. 그사이 서서히 눈이 감겼다. 감으려고 감는 게 아니라 어쩔 수 없이 감겼다. 아무래도 며칠 전부터 탈출 계획을 짜고 실제로 감행한 탓에 갑자기 몰려오는 잠을 쫓아내기 어려웠다. 아직 잠들면 안 되는데라고 생각하면서도 이미 감긴 눈은 쉬이 뜨이지 않았다. 그나마 귀는 눈보다 오래 제 기능을 했기 때문에 선잠에 빠졌던 하늬는 얼마 지나지 않아 들려온 소리를 알아차릴 수 있었다.

와삭.

근처에서 크런치 부서지는 소리가 들린 순간, 하늬는 그토록 무겁던 눈꺼풀을 한 방에 들어 올렸다. 그리고 소리가 난 방향을 보고 소리쳤다.

"할아버지!"

뒤이어 하늬처럼 눈을 뜬 뒤 크런치 초콜릿을 입에 문 원기를 발견한 모두가 한마디씩 뱉었다.

"아버지, 그걸 꼭 지금 드셔야겠어요?"

"아버님, 왜 하필 이 중요한 순간에!"

"할아버지, 차라리 주무시고 계세요."

심지어 이안도 한마디를 붙였다.

"어르신, 이건 아니죠."

그러자 원기가 다들 괘씸하다는 듯 목청을 높였다.

"아니, 늙은이가 당이 떨어져서 초콜릿 한 입 먹었다고 너무들 한 거 아니냐!"

그러더니 굴하지 않고 남은 초콜릿을 마저 먹었다. 보란 듯이 와삭와삭, 임플란트 하나 없는 건치로 씹어 먹고는 남은 일을 부탁한단 듯 당당히 눈을 감았다. 다른 가족들과 이안은 원기를 더 타박하지 않고 기왕 깬 김에 정신을 추슬렀다. 하지만 오래지 않아 다시금 하나둘 정신을 놓기 시작했다. 마지막까지 혼자서라도 버텨 보려 했던 하늬 역시 끝내 10분을 견디지 못하고 잠에 굴복했다. 아주 잠깐, 사각 소리가 나서 힘겹게 실눈을 떴지만 작은 다람쥐가 크랜베리 쿠키에서 베리만 갉아먹고 있는 걸 보고 더는 저항하지 않았다. 그래, 너라도 잘 먹고 가라 빌어 주며 까무룩 정신을 놓았다.

그리고 다음 순간, 다시 눈을 떴을 때, 어느덧 주위는 완연하게 밝아 있었다.

쨍한 햇살을 받으며 새 아침을 맞은 하늬는 땅바닥에 누웠던 몸을 천천히 일으켰다. 그리고 얼굴에 묻은 흙을 털어 내며 자신만큼이나 얼떨떨하게 일어나는 가족들을 보았다. 동시에 깡그리 사라진 먹거리의 잔해를 확인했다. 아마도 간밤에 작은 동물들이 몰려와 파티를 벌이고 간 듯했다. 그래, 누구라도 행복해졌다면 좋긴 한데…. 그 누군가가 배씨 가족과 이안이 아니라서 유감이었다. 혹시나 했는데 역시나 안 통했군. 실패를 확신한 그들은 허탈하게 자리에서 일어났다.

그런데 그때, 갑자기 어디선가 사람들이 웅성거리는 소리가 들려왔다. 그 순간 요원들이 가까이 왔다고 생각한 여섯 사람은 서둘러 도망치려고 발을 뗐다. 하지만 이어서 차 소리가 섞여 들려오자 뭔가 이상한 낌새를 느끼고 멈춰 섰다.

가만, 찻길은 여기서 한참 떨어진 곳에 있는데 어떻게 차

소리가 들리는 거지?

그에 대한 답은 금방 떠올랐다. 그리고 답이 떠오르기 무섭게 푸드덕, 멀리서 비상하는 새의 날갯짓 소리가 들려왔다. 설마…. 하늬는 고개를 돌려 다른 가족들과 이안을 살폈다. 표정을 보아하니 그들도 하늬와 같은 생각을 하는 듯했다.

틀림없었다. 간밤에 몰래 다녀간 짐승이 모두에게 두 번째 초능력을 선사해 주었다.

2

1년 만에 초능력을 되찾은 배씨 가족은 하산하자마자 서울로 향했다. 마음 같아선 그대로 집으로 가고 싶었지만, 요원으로서 재계약을 하기 전까진 몸조심을 하자는 이안의 의견에 따라 그가 안전을 보장하는 다른 장소로 향했다.

목적지인 3층 빌라에 도착해서 문을 두드리자 안에서 이안의 친구가 나왔다. 한 해 내내 원수인 줄 알았으나 알고 보니 생명의 은인이었던 남태성이 문을 열고 맞아 주었다.

"어서 와요. 다시 보니 좋네요."

하늬는 감회가 새로운 얼굴로 그를 올려다봤다. 꿈에서라도 마주치면 주먹부터 날리겠다고 다짐했던 그 얼굴이 새삼 반가웠다. 그래서 자신도 모르게 웃음을 띠며 따라 들어갔다.

스무 평 남짓한 집은 언뜻 보면 평범한 가정집 같았다. 그런데 자세히 보면 묘하게 생필품이 비고 사람의 손길이 닿은 흔적이 적었다. 특별히 스파이 교육을 받은 적은 없지만 실전에서 갈고 닦은 경력이 있는 배씨 가족은 그 사실을 금세 알아채고 물었다.

"여긴 뭐 하는 곳이에요?"

태성이 바로 답을 주었다.

"임시 대피처예요. 5과 모르게 예전에 만들어 두었죠."

"왜요?"

"언젠가 이안이 돌아올 거라고 믿어서요."

말을 마친 태성은 커다란 원형 테이블에 앉았다. 눈치껏 배씨 가족이 따라 앉고 마지막으로 이안이 앉았다. 그때 태성이 이안을 보고 물었다.

"능력은 확실히 돌아온 거지?"

"응. 오랜만에 쓰면 어색할 줄 알았는데, 전혀. 예전이랑 똑같은 느낌이야."

"다행이네."

두 사람 사이에 편안하고 친근한 기류가 흘렀다. 이를 감지한 순동이 끼어들었다.

"그런데 두 사람은 언제부터 친구였어요?"

"4년 전부터요."

둘 중 먼저 입을 뗀 태성이 설명을 이었다. 그들은 요원이 되어 5과 안에서 처음 만났다. 당시 태성은 한위의 열렬한 추

종자였고 이안은 막 초능력을 얻은 상태였다. 또래인 두 사람은 같은 임무에 몇 차례 투입되었는데 처음 1년 동안은 성격과 관심사가 너무 달라서 공적인 대화를 제외하고는 딱히 말을 섞지 않았다. 하지만 어느 순간, 한위가 만만한 정신병자들이나 병원에 처넣을 뿐, 정작 악의 근원인 윗선들을 건드리는 일엔 소극적이란 사실을 깨닫고 이에 대한 의견을 나누다 급속도로 친해졌다. 한번 속을 터놓은 두 사람은 점점 과격한 의견도 교환하게 되었고 그중엔 국가의 진정한 안보를 위하여 5과를 전복하자는 계획도 포함되었다. 언뜻 들으면 허무맹랑한 소리 같지만 그땐 태성이 한위의 신뢰를 한 몸에 받고 있었고 이안이 막강한 초능력을 갖고 있었기에 아주 불가능한 일만은 아니었다.

"2년 전에 그 문제가 생기지만 않았다면요."

여기서부턴 이안이 설명을 이어받았다. 두 사람이 본격적인 계획을 수립하고 세력을 확장하려 할 무렵 갑자기 예기치 못한 문제가 생겼다. 바로 능력의 소멸이었다. 하룻밤 새 쓸모없는 처지로 전락한 이안에게 곧바로 사살 명령이 떨어졌다. 그때 불행 중 다행으로 그 명령을 태성이 받들게 됐다. 당연히 태성은 명령에 불복했고 이안을 빼돌렸다. 당시엔 아직 임시 대피처가 없었기에 급한 대로 정신병원을 찾았다. 아무래도 등잔 밑이 어두운 법이니 5과와 연결되어 있는 정신병원이라면 그 어느 곳보다 안전할 거라고 계산했기 때문이다. 다만 너무 급하게 계산기를 두드린 탓에 미처 고려하지 못한 문제가 하나 있었으니.

"설마 그 병원에 그렇게 오래 머물 줄은 몰랐죠."

정신병원을 진두지휘하는 노 원장을 과소평가한 대가는 적지 않았다. 이안과 태성은 서로 연락도 못 한 채 2년을 허송세월했다. 그 시간 동안 이안은 자기 나름대로 꾸준히 탈출을 시도했고, 태성은 임시 대피처를 마련하고 이안을 정신병원에 입원시키기 전 미리 약속해 둔 승합차에 대피처 주소를 꽂아 두고 사살 명령이 떨어진 또 다른 초능력자들을 정신병원에 입원시켰다. 얘기가 이쯤 흘렀을 때 순동과 희라가 반색하며 끼어들었다.

"아! 그래서 우릴 거기로 보냈던 거예요? 같이 협력해서 나오라고?"

하지만 태성은 쓸데없이 솔직한 편이었다.

"아니요. 그냥 목숨이라도 부지하시라고 보낸 거예요. 솔직히 여러분이 탈출에 큰 도움이 될 거라고는 전혀 생각하지 않았어요."

아…. 순동과 희라가 바로 납득했다. 그 틈에 원기가 대화의 공백을 파고들었다.

"그래 뭐. 지금까지 일이 어떻게 흘러간 건지는 대충 알겠어. 그런데 말이야."

원기가 테이블에 둘러앉은 여섯 사람을 둘러보며 말했다.

"앞으로 어쩔 생각이야?"

그러자 태성이 나서서 앞으로의 계획을 밝혔다.

"일단은 5과와 회동을 한번 해야죠. 다행히 능력이 돌아왔으니 직접 만나서 거래를 터 볼 만해요. 제가 아는 강한위 팀장은 누구보다 현실적이고 실리적인 사람이라 분명히 우리와 다시 손잡고 싶어 할 거예요. 여섯 명의 초능력자는 쉽게 구할 수 있는 게 아니니까요. 저야 초능력자는 아니지만, 결과적으로 일이 잘 풀리게 만들었으니 겸사겸사 받아 주지 않겠어요? 우선은 그들을 만나 보고 상황 봐서 다음 일을 기약하죠."

그 계획에 배씨 가족 중 아무도 이견을 달지 않았다. 그들이 만장일치로 동의하자 태성은 5과에 연락해서 내일 만나잔 약속을 잡겠다고 했다. 그리고 만남이 이뤄지기 전까지는 혹시 모르니 외부와 접촉은 삼가 달라고 당부했다.

물론 배씨 가족에겐 전혀 무리하지 않은 부탁이었다. 무려 1년이나 그렇게 살았는데 고작 하루 더 추가되는 것쯤이야. 심지어 이 집에서는 병원과 달리 음주도 가능한데 말이다. 이곳에 발을 들인 순간부터 냉장고 옆에 쌓인 맥주 캔들을 눈여겨보았던 가족들은 우리끼리 잘 놀 테니 걱정 말라고 했다. 그리고 정신병원 탈출 여덟 시간 만에 배려심 깊은 태성이 미리 준비해 둔 맥주 캔을 하나씩 쥐고 조촐한 축하 파티를 벌였다.

한밤중에 갈증을 느낀 하늬가 눈을 떴다. 순간적으로 낯선 천장의 패턴을 보고 놀랐지만 비명을 지르기 전에 현재 있는 곳을 기억해 냈다. 아, 나 어제 탈출했지. 안도한 하늬는 옆에서 뒤엉켜 자고 있는 가족들을 확인하고 자리에서 일어났다. 그리고 기나긴 금주 끝에 퍼마신 맥주가 불러일으킨 조갈을 잠재우기 위해 방 밖으로 나갔다.

거실은 깜깜했다. 하늬는 굳이 불을 켜지 않고 거실을 가로질러 부엌으로 향했다. 그리고 어둠 속에서 냉장고를 찾아 문을 열었다. 곧바로 냉장고에서 새어 나오는 불빛이 등불처럼 주위를 밝혔다. 하늬는 물병 하나를 꺼내서 뒤를 돌았다. 그 순간 방금 전까지 보이지 않았던 한 사람이 냉장고 불빛 덕에 또렷이 보였다.

"여기서 뭐 해요?"

하늬가 식탁에 혼자 앉아 있는 이안을 보고 말했다.

"그냥 잠이 안 와서요."

불도 안 켜고 인기척도 없이 이상하게 숨죽이고 있던 이안이 답했다. 하늬는 그런 그를 혼자 두고 돌아서기 어쩐지 마음에 걸려서 함께 식탁에 앉았다.

"내일 일이 걱정돼서 그래요? 걱정 마요. 다 잘될 거예요."

"알아요. 우린 잘될 거예요."

"근데 뭐가 문제예요?"

하늬가 영문을 모르겠단 얼굴을 했다. 그러자 이안이 천천히 입을 열었다.

"우리 말고 잘되지 않은 사람들이 문제죠. 이제껏 5과의 직무유기 때문에 희생된 사람들이요. 그들도 자신만의 우주를 품고 사는 사람들이었을 텐데. 그렇게 허망하게 사라져선 안 됐어요. 도대체 살릴 수 있는 사람들을 왜 살리지 않는 거죠?"

이안이 진지한 얼굴로 하늬와 눈을 맞췄다.

"저도 알고 있어요. 언제나 모두를 살릴 수 없다는 건요. 지금 이 순간에도 무고하게 희생되고 있을 사람들. 아무런 의미도 가치도 갖지 못한 채, 그저 이용만 당하다 버려지는 생명들을 전부 구원할 방법은 없겠죠. 세상은 늘 정의롭게만 돌아가지 않으니까요. 그렇지만 최소한, 그 정의를 판가름할 사람이 5과와 강한위여서는 안 돼요. 안 그래요?"

이안의 눈빛은 진지하다 못해 간절하기까지 했다. 이에 동화된 하늬는 자신도 모르게 고개를 주억였다. 그제야 자신 때문에 분위기가 너무 얼어붙었단 사실을 깨달은 이안은 평소의 무심한 눈빛으로 돌아와 민망해했다.

"죄송해요. 제가 원래 잡생각이 좀 많아서."

"아니에요. 괜찮아요."

"주무셔야 하는데 괜한 얘기로 붙들었네요. 그래도 내일은 오늘보다 나아지겠죠? 이제 능력이 돌아왔으니까 제가 해야 할 일을 할 수 있잖아요."

이안은 머쓱한 얼굴로 한마디를 덧붙였다.

"우리가 같이 할 수 있다면 더 좋고요."

그리고 살포시 미소를 지었다. 전에는 한 번도 보여 준 적 없던 미소였다.

그 순간, 하늬는 갑자기 이안이 낯설게 느껴졌다. 원래 그와 잘 아는 사이라고 할 수 없지만 그래도 며칠간 고락을 함께 했는데 전혀 모르는 사람처럼 여겨지는 건 이상했다.

하늬는 애써 이안을 따라 미소를 지었다. 그러면서 입은 여전히 웃고 있지만 눈은 묘하게 초점을 잃으며 점점 혼자만의 세계로 침잠하는 그를 눈여겨보았다.

3

새날이 밝은 아침, 출근길 정체가 겨우 풀리기 시작한 서울 한복판의 도로를 SUV 한 대가 빠르게 지나고 있었다. 짙게 선팅된 SUV 안에는 여섯 사람이 타고 있었다.

배씨 가족 전원과 태성이었다.

"근데 아침부터 이안은 어딜 간 거야?"

원기가 운전 중인 태성에게 묻자 태성이 바로 답을 주었다. 중요한 볼일이 생겨서 먼저 나갔다고. 그러자 하준이 도저히 이해가 안 된다는 얼굴로 다시 물었다.

"지금 스파이 재계약보다 더 중요한 일이 뭐가 있어요?"

이에 태성은 개인적인 일인데 금방 해결하고 이안이 알아서 약속 시간에 맞춰 올 테니 걱정하지 말라고 했다. 아마도 그러면 정말로 알아서 올 것이라고 믿은 배씨 가족은 더 이상 질문을 던지지 않았다. 그 대신 오랜만에 보는 도시 풍경으로 눈길을 돌렸다. 오로지 하늬만이 간밤에 보았던 이안의 표정을 떠올리며 조용히 생각에 잠겼다.

그사이 그들을 실은 SUV는 지체 없이 회동 장소인 5과 본부로 향했다.

5과 본부는 서울 시내 안 10층 빌딩에 자리해 있었다. 여러 상점과 회사가 들어와 있는 그곳에 평범한 증권회사로 위장해 10층을 통째로 사용하고 있었다.

한때 배씨 가족은 일주일에 한 번씩 본부에 출근했다. 주로 외근을 했기 때문에 딱히 책상은 없었다. 그냥 회의실에서 새로운 임무에 대한 브리핑을 듣거나 끝난 임무에 대한 보고를 올렸다. 그리고 퇴근할 때마다 두 손 가득 선물과 현찰을 받았다.

거의 공돈이나 다름없는 보수를 가족들은 펑펑 써 댔다. 미처 빌딩을 나가기도 전에 빌딩 내 미용실, 실내 골프장, 마사지 가게, 각종 브랜드 숍, 한정식집, 레스토랑 곳곳에서 아낌없이 뿌렸다. 그 결과 얼마 지나지 않아 빌딩 상인들의 관심과 사랑을 한 몸에 받게 됐다. 모두가 기다리고 좋아하는 친구이자 단골로서 가족들은 빌딩 내 어디서나 환영받았다. 1년 전 본의 아니게 갑자기 발길을 끊게 되기 전까지는 명실상부한 이곳의 유명 인사였다.

"여기로 다시 돌아올 줄이야."

약속 시간 10분 전, 무려 1년 만에 빌딩에 발을 들인 희라가 감격한 얼굴로 주위를 둘러보며 말했다. 그리고 예치금을 잔뜩 걸어 놓은 가게들의 간판이 무사히 달려 있는 걸 보고 기꺼워했다. 다른 가족들 역시 한동안 뻔질나게 드나들던 가게들의 존속을 확인하고 반가워했다. 그리고 조금 늦은 감이 있긴 하지만 비로소 정신병원을 탈출했다는 사실을 실감하고 묘한 희열을 느꼈다. 그때, 그 기분을 배가해 줄 낯익은 목소리가 들려왔다.

"희라 언니?"

이렇게 말한 사람은 마침 로비를 청소 중이던 미화원이었다. 그녀는 재잘대며 로비를 지나가는 희라를 미심쩍게 보다가 고개를 돌린 희라와 눈이 마주치자 확신에 차서 소리쳤다.

"언니! 어디 갔다가 이제 와!"

마치 잃어버린 친언니라도 만난 듯 들고 있던 쓰레받기를 내동댕이치고 달려왔다. 그 소리를 듣고 근처 상인들이 가게 밖으로 빼꼼 고개를 내밀었다. 그리고 하루아침에 어디로 증발해 버렸나, 내내 소식이 궁금하던 배씨 가족을 발견하고 놀란 얼굴로 다가왔다. 어떻게 된 거예요? 어디 갔다 왔어요? 왜 연락을 안 했어요? 이제 완전히 돌아온 거예요? 같은 소리를 하며 하나둘 로비로 모여들었다.

오랜만에 친구들과 재회한 배씨 가족은 그들을 물리치지 않고 걸음을 멈췄다. 가뜩이나 두근대던 마음에 불이 지펴져서 흥분한 기색으로 대화에 동참했다. 쏟아지는 질문엔 긴 여행을 다녀왔다고 대충 얼버무리고 그 대신 상대의 안부를 물었다. 그러자 친구들이 1년 치 쌓인 빌딩 소식을 풀어냈다. 미용실 여자 결혼했잖아. 박 씨는 분점을 냈어. 중식집 인테리어 새로 했다? 알아도 그만이고 몰라도 그만인 열띤 잡담이 로비에 가득 찼다. 와중에 괴로운 사람은 한 사람, 태성뿐이었다. 그는 점점 지체되는 시간을 신경 쓰며 가족들을 재촉했다.

"여러분, 우리에겐 중요한 일이 있잖아요."

하지만 그의 애타는 속삭임은 입김 센 상인들의 목청에 하릴없이 묻혔다. 태성은 금세 자신들만의 무리를 형성한 사람들에게서 소외되며 점점 뒤로 밀려났다.

그 시각, 10층 회의실에선 진즉 협상 준비를 끝낸 5과 요원들이 상대를 기다리고 있었다. 간밤에 한위에게서 이번 일의 전권을 일임받은 기수는 테이블 상석에 앉은 채 마뜩잖은 얼굴로 시계를 봤다.

"보통 이런 자리엔 5분 정도 일찍 오지 않나?"

그가 불평을 토로하자 벽 전체를 빙 두르고 선 무장 요원들 중 한 명이 대꾸했다.

"제정신이면 제시간엔 오겠죠."

아니나 다를까, 그 말대로 제시간에 회의실 문이 열렸다. 아침 일찍 다른 볼일을 보고 온 이안이 적군뿐인 방 안에 발을 들이며 어리둥절한 얼굴로 아군을 찾았다.

"다른 사람들은 아직 안 왔어요?"

그러자 기수가 어이없다는 얼굴을 했다.

"그건 그쪽이 우리한테 말해 줘야죠. 다들 어디 갔어요?"

바로 그때 멀리서 태성의 목소리가 들렸다.

"여기 있어요!"

뒤이어 복도 끝에서 태성이 나타났다. 잠깐 사이 부쩍 지친 그는 얼굴에 아쉬움이 한가득인 배씨 가족을 이끌고 서둘러 회의실에 입성했다. 그리고 왜 늦었냔 이안에게 가족들이 친구가 많더란 답을 주고 먼저 자리에 앉았다. 다음으로 배씨 가족이 앉았고, 마지막으로 이안이 앉았다. 그때부터 본격적으로 협상이 시작되었다.

협상의 포문은 기수가 사과로 열었다. 그는 5과를 대표해 지난번 일에 대해, 그러니까 배씨 가족과 이안을 사살하려고 했던 일에 대해 사과했다.

"미안하게 됐습니다."

전혀 안 미안한 얼굴로 쓸데없이 진솔한 변명을 덧붙여서.

"설마 능력이 다시 돌아올 줄은 몰랐죠."

그리고 뭐가 됐든 다 지난 일이니 과거는 잊고 함께 미래로 나아가자고 제안했다. 다시 한 팀이 되어 세상을 바꿔 보자고 말이다. 당연히 배씨 가족은 기수의 뻔뻔한 태도가 마음에 들지 않았다. 마음 같아선 당장 협상 테이블을 엎어 버리고 싶었다. 하지만 태도를 문제 삼아 일을 그르치기엔, 그의 제안이 그들이 원했던 바와 일치했기에 잠시 성질을 죽일 수밖에 없었다. 가족들은 마지못해 기수의 제안에 응했다.

"뭐, 그래요. 그럽시다."

그러자 기수가 만족스러운 얼굴로 술 대신 차를 권했다. 테이블에 깔려 있던 다과 세트에서 찻잔을 들어 올린 뒤 서로 오래 봐서 좋을 것도 없는 사이인데 이만 차나 마시고 헤어지자고 화끈하게 권했다. 그 제안만큼은 마음에 든 가족들이 순순히 찻잔을 들었다. 그런데 그 순간, 갑자기 역한 냄새가 코끝을 찔렀다.

"응? 이게 무슨 차요?"

원기가 순간적으로 찻잔을 얼굴에서 멀리하고 물었다. 그 모습을 본 기수는 촌스러워서 못 봐주겠다는 듯 가소롭단 말투로 대꾸했다.

"비싼 차예요."

그러더니 아무렇지 않게 차를 홀짝 마셨다. 어린놈의 자식에게 무시를 당해서 자존심이 상한 원기는 곧장 차를 따라서 마실 법도 했으나, 실제로 그러진 않았다. 그럴 만큼 스스로에게 자신감이 없는 그가 아니었다. 원기는 한번 얼굴에서 뗀 찻잔을 다시 가까이 대지 않았다. 다른 가족들 역시 찻잔을 들고 혼자서 차를 들이켜는 기수를 바라보았다. 그러자 잠시 뒤 빈 찻잔을 소리 나게 내려놓은 기수가 착잡한 얼굴을 했다.

"아무래도 저 사기 당한 거 같네요. 무색무취의 독약이래서 비싸게 샀는데."

예상했던 고백에 놀라지 않은 가족들은 어디 한번 마저 말해 보란 표정을 지었다. 그러자 기수가 친절하게 설명을 이었다. 초능력자에 대한 5과의 결정은 번복되지 않았다고. 현재 능력이 돌아왔대도 언제 다시 사라질지 모르고, 무엇보다 5과에 대한 반감이 상당하리라 예상되어 위험부담을 지지 않기로 결정했다고 말이다. 그리고 그 사실을 한마디로 정리했다.

"여러분은 여전히 사살 대상이에요."

그 말이 끝나자마자 별안간 슈욱 하는 소리가 났다. 소음기를 쓴 발포 소리였다. 그 사실을 깨닫기 무섭게 쿵 하는 소리가 뒤따랐다. 기수 뒤에 서 있던 요원이 기습적으로 쏜 총알이 날아간 방향에 있던 원기가 의자와 함께 뒤로 넘어가며 나는 소리였다. 쿵!

그 소리와 함께 충격에 휩싸인 회의실에 정적이 감돌았다.

삽시간에 시공간을 얼어붙게 만든 정적을 깨기 위해선 누군가 용기를 내야 했다. 회의실에 있는 수많은 사람들 중 가장 먼저 용기를 낸 사람은 이안이었다. 그는 분노를 누르고, 아니 애초에 조금도 분노하지 않았던 듯 태연하게 입을 열었다.

"이럴 줄 알았어요."

그러자 기수가 웃기지도 않는단 얼굴로 응수했다.

"이럴 줄 알았으면 왜 왔냐."

"가져갈 게 있어서요."

"네 동료들의 목숨을 담보 삼아서?"

바로 그때, 바닥에 자빠져 있던 원기가 꿈틀 움직였다.

"아야야."

신음하며 일어난 그는 죽는 줄 알았다며 뒤통수를 문질렀다. 그제야 너무 놀라서 숨을 못 쉬고 있던 가족들이 숨을 내뱉으며 회의실이 떠나가라 원기를 불렀다. 아버지! 아버님! 할아버지! 그리고 거의 동시에 물었다.

"괜찮아요?"

원기는 여전히 뒤통수를 문지르며 넘어진 의자에 콕 박혀 있는 총알을 보고 말했다.

"응. 빨리 피했으니 망정이지. 하마터면 마누라 보러 갈 뻔했다."

피했다고? 하늬가 고개를 갸웃했다. 하지만 그 말을 오래 생각할 겨를이 없었다. 모든 5과 요원들이 이번에야말로 가족들을 죽여 버릴 기세로 총을 들어 올렸기 때문이다. 바로 그때. 갑자기 이안이 테이블 위로 올라갔다. 그리고 빠르게 상석 쪽으로 달려가서 기수를 향해 손날을 휘둘렀다. 그러자 다음 순간, 기수의 목과 머리통이 분리됐다. 너무 눈 깜짝할 새 벌어진 일이라 미처 눈도 감지 못한 기수가 눈을 부릅뜬 채 바닥을 굴렀다. 오로지 머리통만. 도로로록 구르다 한 요원의 발끝에 닿아서야 멈췄다. 기수와 시선이 닿은 그 요원은 곧바로 비명을 질렀다. 으아악!

회의실은 또다시 큰 충격에 휩싸였다. 하지만 이번엔 조금 전처럼 정적이 찾아오지 않았다. 도리어 흥분으로 가득 찼다. 순식간에 리더를 잃은 요원들은 서둘러 반격에 나섰다. 거의 동시에 방아쇠에 손가락을 걸었다. 그렇지만 그중 누구도 제대로 방아쇠를 당기진 못했다. 그들이 미처 손가락을 까딱이기 전에 이안이 먼저 손날을 움직여 톱니바퀴 형상의 바람을 날렸기 때문이다. 그 바람은 회의실을 빙 돌며 요원들의 목을 그었다. 마치 도미노처럼 줄줄이 엎어지는 요원들 뒤로 선혈이 뿌려졌다. 사면의 벽이 시뻘겋게 물들었다.

그 광경을 속수무책으로 지켜본 배씨 가족은 서둘러 끔찍한 현장에서 벗어나기 위해 회의실 문을 열었다. 하지만 바깥 상황도 딱히 좋지 않았다. CCTV로 회의실 안 상황을 지켜보고 있던 다른 요원들이 무장한 채 다가오고 있어서였다.

"이거 어째 익숙한 그림이네."

하준이 무솔의 무장한 경호원들을 떠올리며 지겨워 죽겠다는 얼굴을 했다.

"그래도 이번엔 우리한테도 무기가 있잖냐."

순동이 애써 긍정적인 면을 상기하며 전투 태세를 갖췄다. 곧바로 다른 가족들도 한판 벌일 각오로 자세를 잡고 능력을 선보였다. 원기는 힘을 실은 주먹을 휘두르고, 순동은 건물에 그득할 쥐 떼들을 불러 모으고, 희라는 신들린 사람처럼 뛰며 꽃가루를 뿌리고, 하준은 입안 가득 바람을 비축해 두고, 하늬는 벽을 타고 달려서 발차기를 날렸다. 그런데 웬걸. 원기의 주먹은 상대의 복부에 닿자마자 맥없이 꺾였고, 순동은 쥐 떼는커녕 개미 한 마리도 부르지 못했고, 희라는 꽃가루 대신 먼지만 폴폴 날렸고, 하늬는 벽을 제대로 타지 못하고 떨어졌다. 물론 원기의 주먹을 치유해 주려던 하준의 입김도 아무 효과가 없었다.

"뭐야? 어떻게 된 거야? 능력이 돌아온 게 아니었어?"

가족들은 당황해하며 외쳤다. 그사이 가족들이 제대로 능력을 발휘하지 못한단 사실을 눈치챈 요원들이 서둘러 총을 들어 올렸다. 그리고 빠르게 끝장을 보려고 방아쇠를 당기는데, 이번에도 그들보다 바람이 더 빨랐다. 휘잉. 갑자기 회의실에서 불어온 바람이 순식간에 요원들의 몸을 사정없이 찢었다. 으악. 요원들은 총을 떨어뜨리고 고통을 호소하며 쓰러졌다. 그때 회의실 안에서 이안이 유유히 걸어 나왔다. 그는 곧장 복도 저편으로 걸음을 옮겼다.

"잠깐만. 어디 가는 거야!"

뒤에서 하늬가 외치며 쫓으려고 했다. 하지만 그 타이밍에 다른 복도에서 또 다른 요원들이 몰려와서 걸음을 멈췄다. 바로 그 순간, 하늬의 눈앞에 허공을 떠돌며 반짝이는 입자가 보였다. 이거 설마. 하늬가 손가락으로 입자를 톡 건드려 보았다.

설마 그렇게 된 건가? 하느는 빠르게 가까워져 오는 요원들을 향해 시험 삼아 머리를 흔들어 보았다. 곧바로 그들이 재채기를 하면서 정신을 못 차렸다. 이를 본 하느는 확신했다.

"능력이 바뀌었네."

그 소리를 들은 원기는 아까 총알을 피한 게 운이 아니라 능력이었나? 생각하며 발을 놀렸다. 그러자 눈 깜짝할 사이 복도 반대편에 당도했다. 그때 순동과 희라와 하준도 새 능력을 찾았다. 순동은 주먹에 도는 힘을 느끼고 달려드는 요원을 쳐서 묵사발을 냈다. 희라는 그 요원의 숨통이 끊기지 않도록 입김을 불어서 회복시켰다. 하준은 나중에 보은할 테니 도와달라고 속삭이며 건물 안의 쥐 떼들을 불러 모아 요원들의 몸을 기어오르게 했다.

"우리 제법 잘하는데?"

순동이 자화자찬했다. 하지만 이도 잠시, 곧 당연하다면 당연한 문제가 발생했다.

"야! 뭐 하는 거야? 이쪽으로 날리면 어떡해!"

하준이 꽃가루를 통제하지 못하고 자신에게 날리는 하느를 향해 외쳤다.

"미안!"

하준에게 사과한 하느는 곧 속도를 조절하지 못해 자신을 홱 치고 지나가는 원기를 향해 볼멘 얼굴을 했다.

"아, 할아버지. 잘 보고 달리셔야죠."

"나도 그러고 싶다."

원기는 몸을 못 가눈 채 복도 저편으로 멀어지며 희라를 보고 타박했다.

"어멈아. 뭐 하냐. 다 리셋시킬 거면 우린 뭐 하러 싸우냐."

그러자 부상당한 요원들을 적당히가 아니라 완벽히 회복시켜 버린 희라가 당혹스러워하며 말했다.

"적당히 살리는 법을 모르겠는데 어떡해요."

그때 순동이 벽에 박힌 주먹을 빼내려고 애쓰며 소리쳤다.

"적당히 힘 조절하는 법도 모르겠어."

그 타이밍에 천장에서 바퀴벌레 군단이 우르르 내려왔다. 이에 하준이 질겁하며 손사래를 쳤다.

"아니야. 너네까지 부른 게 아니야. 너네는 돌아가!"

이같이 배씨 가족이 무장 요원들을 공격하다 회복시키고, 당황시키는 동시에 본인들이 당황하는 황당무계한 전투를 이어 가는 동안, 이안은 진즉에 복도를 지나 어느 방 앞에 도착했다. '팀장실'이라는 문패가 달린 방 앞에 선 그는 뺨을 타고 흘러내리는 피를 닦을 생각 없이 그대로 흐르게 두며, 노크 대신 다른 방법으로 자신의 방문을 알렸다. 가볍게 문을 걷어차서 날려 버리는 식으로 말이다. 하지만 화려한 등장이 무색하게 방 안에는 아무도 없었다. 빠르게 도망친 한위의 흔적만 어지러이 남아 있을 뿐이었다.

이안은 바닥에 아무렇게나 깔린 서류 더미들을 저벅저벅

밟고 한위의 책상으로 향했다. 그리고 책상 아래에 시선을 두었다. 그곳에 작은 금고가 있었다. 하지만 금고는 텅 비어 있었다. 그래, 곧 죽어도 그걸 챙겨 갔겠지. 이안은 예상했다는 듯 가볍게 고개를 주억이고 바지 주머니에 양손을 찔러 넣었다.

그 시각, 복도에선 여전히 전투가 벌어지고 있었다. 충분히 몸에 익지 않은 초능력은 총이나 칼보다 특별히 나은 무기라고 할 수 없었다. 그나마 좁은 복도에서 뒤섞여 싸우느라 요원들이 함부로 총질을 못 해서 망정이지, 그들이 마음껏 발포할 수 있는 너른 장소였다면 배씨 가족은 이미 죽은 목숨이었을 것이다.

가족들은 새 능력에 적응하느라 진을 빼며 지지부진하게 전투를 이어 갔다. 그런데 그때, 뜻밖에 전세가 역전될 증표가 나타났다. 후끈한 열기로 가득한 복도에 갑자기 휘잉 찬바람이 불어왔다.

"서이안?"

가족들은 바람이 불어오는 방향으로 고개를 돌렸다. 그러자 이변 없이 이안이 모습을 드러냈다. 톱니바퀴 모양 바람을 허공에 띄운 채 천천히 복도 저편에서 걸어왔다.

"얀마. 너 어디 갔다 이제 오는 거야? 우리 다 죽고 오려고 그랬냐?"

곧바로 원기가 호통을 쳤다.

"죄송해요. 꼭 확인할 게 있어서."

이안이 걸음을 멈추고 복도 한복판에 우뚝 섰다. 그 순간, 요원들이 일제히 몸을 움츠렸다. 그들은 긴장한 얼굴로 이안의 다음 동작에 집중했다. 정확히는, 이안이 손을 까딱여서 바람을 날릴까 주시했다. 하지만 다음 순간, 정작 이안이 움직인 건 손이 아닌 입이었다. 그는 자신을 저승사자처럼 쳐다보는 요원들을 향해 최대한 정중하게 말했다.

"이제 제 볼일은 끝났는데 그만 가 봐도 될까요?"

리더를 잃은 요원들은 누구 하나 선뜻 나서서 답하지 못했다. 서로를 보며 눈치만 살필 뿐이었다. 그러자 이안이 한마디를 더 덧붙였다.

"더는 피를 보고 싶지 않거든요."

그 말이 끝나기 무섭게 요원들 중 한 명이 잽싸게 무기를 내려놓았다. 곧이어 다른 요원들도 연이어 무기를 떨어뜨렸다. 명백한 항복 선언을 받아 낸 이안은 만족스러운 얼굴로 등을 돌렸다. 그리고 엘리베이터 쪽으로 갔다. 배씨 가족은 종종걸음으로 그의 뒤에 따라붙었다.

마침 엘리베이터는 10층에 멈춰 있었다. 여섯 사람은 지체 없이 엘리베이터를 타고 아래로 내려갔다. 그리고 피범벅이 된 자신들을 누가 볼 새라 비상구 통로를 이용해 밖으로 나가서 건물 외부 주차장에 세워 둔 SUV로 향했다. 바로 그때, 하늬의 뇌리에 잊고 있던 한 사람이 떠올랐다. 언젠가부터 보이지 않던, 하지만 이곳에 올 때 함께 SUV를 타고 온 사람.

"남태성."

하늬가 가족들을 둘러보고 말했다.

"그 사람 지금 어디 있지?"

그 타이밍에 갑자기 이안이 바지 주머니에 손을 찔러 넣었다. 그리고 안에서 작은 기폭 장치를 꺼내서 아무런 설명도, 망설임도 없이 꾹 눌렀다. 그러자 펑! 등 뒤에서 커다란 굉음이 났다. 배씨 가족은 본능적으로 허리를 숙이고 고개를 돌렸다. 그러자 폭발의 여파로 10층 창문이 산산이 깨진 빌딩이 보였다. 뻥 뚫린 10층에선 검은 연기가 솟아올랐다.

4

구름 한 점 없는 푸른 하늘 아래, 한적한 고속도로를 SUV가 달렸다. 드라이브를 하기 좋은 날이었으나 정작 SUV에 탄 사람 가운데 드라이브를 즐기고 있는 사람은 아무도 없었다. 모두가 피 묻은 얼굴을 딱딱히 굳히고 있을 뿐이었다. 뒷좌석을 차지하고 있는 배씨 가족이나, 운전석에 있는 이안이나, 조수석에 있는 태성이나. 모두 마찬가지였다.

폭발이 일어나기 전 진즉에 이안이 내보낸 덕에 털끝 하나 다치지 않은 태성은 다른 사람들보다도 유독 더 심각한 얼굴로 창밖만 보았다. 딱히 볼 것도 없는데 괜히 시선을 멀리 두었다. 그러면서 라디오에서 흘러나오는 뉴스 속보를 들었다.

속보는 서울 시내 한복판에 있는 복합건물에서 테러가 발생했다는 소식을 전했다. 일대의 구급대원들이 모두 건물로 향하고 있는데, 10층에서 상당히 많은 사상자가 예상된다고, 더 정확한 소식이 들어오면 다시 전하겠다는 짤막한 내용이 전부였다. 속보가 끝나자 이안이 라디오를 껐다. 곧바로 차 안에 정적이 찾아왔다. 그 정적을 뚫고 하늬가 날카로운 목소리로 말했다.

"당신들. 처음부터 이럴 생각으로 거기 간 거예요?"

그 질문에 이안이 혼자 답했다.

"전 그래요."

하늬가 전에 없이 굳은 얼굴로 말했다.

"나오기 전에 분명 더는 피를 보고 싶지 않다고 했잖아요."

"그 자리에서 더 능력을 쓰고 싶지 않단 뜻이었어요. 살려 주겠다곤 안 했고요."

그 말에 흥분한 순동이 버럭 언성을 높였다.

"뭔 궤변이야? 거기 있던 요원들은 확실히 항복했잖아. 아무리 서로 목숨을 노리고 싸웠대도 이건 아니지! 전쟁 중에도 이러진 않아!"

연이어 아까부터 복받치는 감정을 참고 있던 희라도 소리쳤다.

"심지어 전쟁 상황도 아니었잖아! 5과가 일을 잘못해서 엎어 버릴 필요가 있다면 다른 방법을 찾아야지. 이렇게 무턱대고 막 죽여 버리는 경우가 어디 있어!"

두 사람은 충격과 분노에 휩싸여 씩씩댔다. 하지만 이안은 동요하지 않고 차분히 대꾸했다.

"갑자기 너무 많은 죽음을 봐서 두 분이 많이 놀라신 거 같네요. 그렇지만 이거 하나만 기억해 주세요. 오늘 제가 그들을 죽이지 않았다면 언젠간 그들이 우리를 죽이러 왔을 거예요. 제 선택은 필요악이었다고요. 위협 요소를 남겨 둘 순 없잖아요?"

그때 이상하게 평소보다 차분한 상태의 원기가 가라앉은 목소리로 끼어들었다.

"그래, 좋아. 네 말이 맞다고 치자. 우리가 살기 위해 그 사람들이 죽은 거라고 쳐. 그래서 다음은 뭐냐? 5과를 전멸했으니 네가 새 5과를 세울 거냐?"

"계획은 그래요. 아직은 안 되지만."

"왜?"

"새 5과에 필요한 정보를 강 팀장이 가지고 갔거든요. 원래 매뉴얼이 그래요. 본부에 위기가 닥치면 팀장은 하나의 외장 메모리에 모든 정보를 옮긴 뒤 그것을 가지고 사라진다."

"사라진다고?"

이안의 말꼬리를 잡은 하준이 바로 하 코웃음을 쳤다. 그리고 고개를 절레절레 흔들었다.

"그럼 망했네. 망했어. 비밀조직의 수장이 사라졌는데 어디서 무슨 수로 찾아요? 그쪽 계획은 완전 망한 거 같으니까 우린 그냥 여기서 빠질게요. 내려 주세요."

그러자 이안이 무슨 말도 안 되는 소리냐 얼굴을 했다.

"빠지다뇨? 그럴 순 없죠."

"왜 안 돼요? 당신은 우리 가족도 아닌데. 그냥 비즈니스로 잠깐 엮인 사이잖아요."

"그렇긴 한데… 여러분은 제게 위협 요소잖아요."

그 순간 이안의 표정이 더없이 서늘해졌다. 이를 목격한 가족들은 이안이 굳이 뒷말을 뱉지 않아도 무슨 뜻인지 이해하곤 오싹해했다. 그때 이안이 표정을 풀고 화제를 돌렸다.

"아무튼 걱정하지 마세요. 제 계획은 아직 안 망했으니까요. 강 팀장은 사라지지 못해요. 곧 자기 발로 알아서 나타날 거예요."

하늬가 떨리는 심정을 숨기고 물었다.

"어째서요?"

"가 보면 알아요."

가볍게 대꾸한 이안이 내비게이션에 손을 뻗어 수상한 주소를 찍었다. 그 주소 위치는 초능력을 지닌 신묘한 짐승이 사는 산 중턱이었다.

이제는 익숙한 산 초입에 들어선 SUV는 멈추지 않고 흙길을 달렸다. 어차피 뒤따라올 요원들이 없는 터라 마음 놓고 중턱까지 올랐다. 그러자 이런 으슥한 산중에 존재할 거라고 상상도 못 했던 오두막 한 채가 나타났다.

"저게 뭐지?"

배씨 가족이 궁금해하자 진즉에 오두막 주소를 알고 있었던 이안이 태연히 답했다. 몇 년 전에 5과 요원들이 짐승을 잡기 위해 마련해 둔 은신처라고 말이다.

오두막 앞에 SUV를 세운 이안이 가장 먼저 안으로 들어갔다. 뒤를 이어 배씨 가족과 태성도 입장했다. 그러자 이런 오두막에 있을 거라고 더 상상도 못 했던 한 사람이 보였다. 10대 중반으로 보이는 교복 입은 소녀가 양팔이 묶인 채 소파에서 자고 있었다.

누구지? 배씨 가족이 당황하자 이안이 설명했다.

"강은하예요."

그게 누군데? 배씨 가족이 여전히 혼란스러워하자 이안이 설명을 덧붙였다.

"강한위 팀장의 외동딸이요."

뭐라고? 그 순간 배씨 가족의 머릿속이 멍해졌다. 동시에 빈 머리통에 고성이 울려 퍼졌다.

"야! 이 미친 새끼야!"

이렇게 소리를 내지른 사람은 태성이었다. 본부에서 이곳까지 오는 내내 이상하게 입을 다물고 있던 태성이 참고 참다 폭발한 활화산처럼 불같이 화를 냈다.

"테러에 납치에! 이게 다 무슨 짓이야! 이건 우리 방식이 아니잖아!"

하지만 친구의 돌변에도 이안은 눈 하나 깜빡하지 않았다.

"애초에 우리 방식이라는 게 있긴 했어? 우린 아무 일도 안 했잖아. 정보나 모으는 꼭두각시였지. 우리가 새로 만드는 5과는 지금의 5과와는 달라야 해. 보다 투쟁적이어야 한다고. 어차피 세상에 모두를 구원할 수 있는 방법은 없어. 언제나 누군가는 대의를 규정하고 희생자를 결정할 거야. 그걸 두려워해선 안 돼. 중요한 건 전체 그림을 보는 거야."

"전체 그림?"

"그래. 생각해 봐. 현재 5과가 가지고 있는 정보들을. 환경 파괴, 마약 유통, 노동착취, 사이비 창설…. 갖은 사회악을 만들어 낼 주범들의 리스트가 이미 존재하잖아. 우리가 눈 딱 감고 그 리스트의 인간들을 깡그리 없애 버리면? 그럼 세상이 얼마나 좋아지겠어? 물론 그 과정에서 불가피한 희생이 생기긴 하겠지만 어쨌든 세상은 분명 정화될 거라고."

열띤 이안의 설파를 들은 태성은 입을 다물었다. 감화되어서가 아니라 기가 막혀서였다. 잠시 오두막에 어색한 침묵이 찾아왔다. 하지만 그 침묵은 오래가지 않았다. 구석에서 휴대폰을 보고 있던 하준이 입을 열었기 때문이다.

"그래서 정화를 위해 빌딩을 통째로 날린 거예요?"

뜬금없는 하준의 말에 모두의 시선이 그에게 쏠렸다. 그때 하준이 휴대폰을 돌려서 추가로 뜬 뉴스 속보를 보여 주었다. 테러로 인한 불길이 잡히지 않아 빌딩에 있던 대부분의 상인들이 탈출에 실패하고 사상자가 되었단 내용이 보였다.

　불과 몇 시간 전까지 웃고 떠들며 이따 보자고 기약했던 친구들의 부고를 뉴스를 통해 알게 된 배씨 가족은 일순 충격에 휩싸였다. 하지만 그 와중에도 이안은 초연했다.

　"방금 말했잖아요. 불가피한 희생이 생길 거라고. 친구분들 일은 안타깝지만 분노하지 마시고 눈을 뜨세요. 시야를 넓혀 할 일을 하자고요. 우리는, 선택받은 사람들이잖아요."

　이안의 마지막 말을 듣자마자 가족들은 동시에 생각했다.

　'저 인간은 정신병원에서 나와서는 안 됐어.'

　바로 그때, 멀리서 차 소리가 났다. 그 소리는 점점 오두막을 향해 가까워졌다.

　험난한 흙길을 한위의 세단이 전속력으로 달렸다. 울퉁불퉁 튀어나온 천연 방지턱들 때문에 차체가 흔들렸지만 개의치 않았다. 두 시간 전, 한위는 5과의 모든 정보가 담긴 외장메모리를 들고 유 팀장을 만나러 떠났다가, 가는 길에 딸의 납치 소식을 듣고 방향을 틀었다. 그리고 접선 장소로 향하는 내내 최고속도를 유지하며 하나의 이름을 되뇌었다.

　"서이안."

　한위의 기억에 이안은 첫인상이 좋은 청년이었다. 착실하고 순수했다. 하지만 스파이로 활동하면서 조금씩 심상찮은 조짐을 보였다. 마치 스스로 권력에 취한 줄 모르는 폭군처럼 본인의 능력을 맹신했다. 한위는 알았다. 이안 같은 청년이 눈이 돌아가면 이삭 같은 청년보다 훨씬 위험하다는 것을. 그래서 슬슬 쳐 내려고 마음을 먹었는데 마침 그때 이안의 능력이 사라졌다. 한위는 기꺼운 마음으로 오른팔 태성에게 사살 명령을 내렸다. 그런데 설마 그 둘이 편을 먹고, 별개의 사살 대상자였던 배씨 가족까지 끌어들여, 능력을 되찾아 돌아올 줄이야. 이를 예측 못 한 건 명백한 한위의 잘못이었다.

한위는 같은 잘못을 되풀이하지 않기 위해 지난밤 태성의 협상 제안을 받아들이고 사살 준비에 돌입했다. 2년 전 미쳐 가고 있던 이안이 지금은 완전히 미친놈이 됐으리라고 확신했기 때문이다. 그런 그와 뜻을 같이하고 있는 배씨 가족은 글쎄, 어떤 상탠지 장담할 수 없지만 어쨌든 사살 대상으로 충분하다고 여겼다. 그래서 기수를 시켜 독을 준비하고 무장 요원을 전부 본부에 배치했다. 하지만 실은 이 역시 또 다른 잘못이었다.

이안의 실성은 예측했지만 그가 등장과 동시에 본부를 날려 버릴 정도로 대범해졌으리라곤 예측 못 한 대가로 한위는 모든 대원들을 잃었다. 같은 맥락에서 무고한 소녀를 뜬금없이 납치하리라곤 예측 못 한 대가로 하나뿐인 딸을 잃게 생겼다.

'그 자식을 그때 내 손으로 죽였어야 했는데.'

한위는 때늦은 후회를 하며 이를 악물었다. 그리고 더 세게 밟을 수도 없는 액셀을 꾹 눌렀다. 그때쯤 흙먼지 사이로 오두막이 보이기 시작했다.

　오두막 앞에 도착한 한위는 지체 없이 차에서 내렸다. 그대로 거침없이 걸음을 옮겨 문을 걸어찼다. 그러자 활짝 열린 문 너머에 있는 납치범들이 보였다. 여섯 명의 초능력자와 한 명의 요원이 일제히 한위를 쳐다봤다. 그들 사이엔 어쩐지 불편한 긴장이 흐르고 있었다. 하지만 그 이유는 한위가 알 바 아니었다. 그의 시선은 곧장 소파에 있는 딸에게 옮겨 갔다.

　어느새 잠에서 깬 은하는 울먹이고 있긴 했지만 다친 데는 없어 보였다. 그렇다면 협상에는 문제가 없을 터였다. 한위는 납치범들이 그득한 오두막 안에 선뜻 발을 들인 다음 재킷 주머니에서 외장메모리를 꺼내 근처 테이블에 올렸다.

　"서로 원하는 게 확실한 상황이니, 긴말할 필요 없겠지? 확인해 봐."

　한위의 호기로운 태도에 배씨 가족과 태성은 주춤했다. 하지만 이안은 여유롭게 테이블로 다가갔다. 그리고 테이블 위에 준비해 뒀던 노트북에 외장메모리를 꽂아서 내용물을 살펴본 뒤 고개를 들어 올렸다.

　"진짜네요."

　"그럼 가짜일 줄 알았어?"

　"진짜를 왜 이렇게 순순히 넘겨요?"

　"그러라고 네가 내 손발을 전부 자르고 내 심장 같은 딸을 납치했잖아."

"그렇긴 한데. 이것보단 좀 더 버티실 줄 알았어요."

"그래서 뭐 실망이란 거야? 솔직히 내가 이 정보들을 들고 튀어 봤자 뭐가 달라져? 시간만 좀 끌 뿐이지. 어차피 너희는 금방 다시 정보를 모아 하려던 일을 할 거잖아."

그때 잠자코 있던 원기가 너희가 아니라 쟤라며 끼어들려고 했다. 하지만 순동과 희라가 제발 가만히 있으라며 손을 잡는 통에 하려던 말을 하지 못했다. 그래서 여전히 상황을 오해한 한위는 한심해 죽겠다는 얼굴로 발언을 이어 갔다.

"너희가 나 대신 일하면 당장에 뭐가 달라질 거 같지? 어디 한번 해 봐. 다만 이것 하나만 명심해. 세상은 너희 뜻대로 순순히 달라지지 않아. 그렇게 만만하지가 않다고."

그 말에 이안이 진심을 담아 대꾸했다.

"걱정 고마워요. 그렇지만 우리가 알아서 할게요."

뒤이어 소파에 있는 은하에게 다가가 포박을 풀어 주며 말했다.

"지금부턴 어른들끼리만 할 얘기가 있으니까 나가 줄래?"

겁에 질린 은하는 바로 나가지 않고 이안의 어깨 너머로 한위를 바라봤다. 그러자 한위가 산 밑으로 내려가면 엄마를 만날 수 있으니 먼저 가라며 미소를 보였다. 그제야 은하는 소파에서 일어나 후다닥 오두막을 빠져나갔다. 한위는 그 모습을 오래 눈에 담다가 은하의 모습이 사라지자 시선을 거두고 소파로 다가가 철퍼덕 앉았다.

"자, 이제 얘기해 봐. 어른들끼리만 할 얘기란 게 뭔지."

한위의 물음에 이안이 답했다.

"이미 알고 계시잖아요."

그러더니 겉옷 안주머니에서 권총을 꺼내 내밀었다.

"예상했겠지만 팀장님을 그냥 보내 드릴 순 없어요. 존재 자체가 우리 앞길에 위협이 되니까요. 팀장님이 우리를 사살하려 했던 것과 같은 이유예요. 이해하시죠?"

이안이 내민 총을 한위가 순순히 쥐었다. 겉만 봐선 이 안에 총알이 몇 개가 들었는지 알 수 없었다. 하지만 그와 별개로, 어쨌든 여기 있는 초능력자들을 전부 쏘고 가긴 어려울 터였다. 딱 한 발만 발포해도 모두들 능력을 사용할 테니까. 그래서 한위는 총으로 적들을 해치우겠다는 계획을 포기했다. 쓸데없는 저항은 하지 않기로 했다.

"결국은 이렇게 끝이 나네. 그래도 뭐 나쁘지 않아."

한위는 총구를 자신의 가슴팍으로 향했다. 그리고 숨죽인 채 자신을 지켜보고 있는, 한때는 자신의 수하였던 일곱 사람을 눈에 담은 채 방아쇠를 당기려 했다. 그런데 그 순간, 갑자기 태성이 몸을 날려 한위에게 들러붙었다. 그래도 그중에서 가장 신임받았던 부하였기에 그를 살려 주기 위함이었냐면, 아니었다.

태성이 한위의 재킷을 젖혔다. 그러자 그의 몸통에 칭칭 감긴 폭탄이 드러났다.

"저게 뭐야? 설마 우리랑 같이 자폭하려 한 거야?"

뜻밖의 상황에 배씨 가족은 소스라치게 놀랐다. 이안도 조금은 당황했다. 하지만 태성만은 이럴 줄 알았다는 얼굴을 했다. 어쩐지 아까부터 너무 고분고분 구는 꼴이 이상했는데, 얌전히 자살까지 해 주려는 게 말이 안 돼서 주의를 집중해 보니 그의 재킷이 조금 튀어나와 있는 것이 보였다. 그럼 그렇지. 태성이 아는 한 한위는 절대 투항할 인간이 아니었다. 제대로 된 반격을 준비해 왔다면 모를까.

세 번이나 잘못을 범할 수 없다는 마음으로, 애초에 죽을 각오로 찾아왔던 한위는 권총 자살을 할 것처럼 연기해서 모두를 방심시킨 뒤 기폭 스위치를 누를 계획이었다. 하지만 그 전에 들켰으니… 한위는 바로 손가락을 움직였다. 딸깍, 순식간에 스위치를 누르고 끝을 내려 했다. 하지만 태성의 거센 만류에 실현하지 못했다. 그래서 탕, 이안이 건네준 권총으로 태성의 어깨를 쏘았다. 악, 곧바로 태성이 비명을 지르며 힘을 풀었다. 그 틈에 한위는 다시 손가락에 힘을 주었다. 초능력자들이 정신을 차리고 나서기 전에, 1초도 안 되는 찰나의 순간 손가락을 까딱했다. 그런데 그 순간 탕, 또다시 총성이 울렸다.

두 번째 총성이 터진 총 역시 이안의 것이었다. 그가 백업으로 소지하고 있던 총.

오두막이 통째로 터지기 직전에 정신을 차린 이안은 서둘러 자신의 총을 꺼내 발사했다. 무작정 앞으로. 한위 그리고 그와 함께 들러붙어 있는 태성을 향해. 두 번 생각하지 않고 그냥 총알을 날렸다. 그리고 다음 순간, 포개진 상태로 움직임이 멎은 두 사람에게 가까이 다가가서 그들의 생체 반응을 확인하기 전에 스위치부터 빼앗아 박살 내고 뒤늦게 맥을 짚어 보았다. 그러자 예상대로 두 사람 다 즉사했단 사실을 알 수 있었다.

하아, 계획에 없던 희생에 적잖이 당황한 이안은 짧은 탄식을 뱉었다. 그리고 발치에 점점 번져 가는 붉은 피를 피해 뒷걸음치면서 뒤를 돌아보았다. 그런데 그의 뒤에는 아무도 없었다. 창문에 달린 흰 커튼만 살랑살랑 바람에 나부끼고 있을 뿐이었다.

"결국은 이렇게 되나."

이안은 자신과 뜻을 달리한 배씨 가족의 결정을 받아들이고 자못 아쉬운 얼굴을 했다.

7

패밀리, 정신병원으로 돌아가다

1

고요한 산에 별안간 돌풍이 불었다. 지상으로 빼꼼 고개를 내민 두더지가 갑자기 불어닥친 바람에 놀라 눈을 질끈 감았다. 두더지의 수염이 휘날릴 때, 그 바로 옆을 원기가 지나갔다. 그는 돌풍을 일으키며 쏜살같이 산 아래로 내달리다 별안간 뒤를 보고 외쳤다.

"뭐 하냐! 빨리 와라!"

그러자 헐레벌떡 쫓아가고 있던 다른 가족들이 소리쳤다.

"최대한 빨리 가고 있는 거예요!"

하지만 원기는 사정 봐주지 않고 호통쳤다.

"더 빨리 와! 여기서 저 미친놈이랑 붙고 싶지 않으니까."

맞는 말이었다. 배씨 가족 중 누구도 자신의 목적을 위해 친구를 서슴없이 죽이는 미친놈이랑 붙고 싶지 않았다. 이미 일당백인 그의 능력을 본 터라 더욱이 아무 준비 없이 그럴 순 없었다. 가족들은 일단 도망치는 일에만 주력하기로 했다.

그런데 어디로?

하산하자마자 그들은 무작정 도시로 향했다. 그리고 가장 번화한 거리의 가장 큰 호텔로 들어갔다. 아무래도 사람이 많은 곳에선 이안이 자신들을 추적하기 쉽지 않으리라 판단했기 때문이다. 나아가 그가 특별히 살인을 즐기는 눈치는 아니니 굳이 사람이 많은 곳까지 쳐들어오지 않으리란 계산도 있었다. 적어도 당분간은.

호텔 로비에 발을 들인 가족들은 후들거리는 걸음으로 카운터까지 다가갔다. 그리고 아무 조건 없이 빈방을 요구했다.

"어떤 방이든 빨리만 주세요."

"조식을 이용하시려면."

"안 먹어요."

"이벤트에 참여하시려면."

"안 해요."

남의 속도 모르고 한없이 친절한 호텔리어를 재촉해 최대한 빨리 키를 얻어 낸 가족들은 아침에 빌딩에서 쓰려고 챙겨 나온 현금으로 겨우 숙박료를 치렀다. 그리고 무사히 23층 디럭스패밀리룸에 들어가 문을 잠갔다. 그제야 휴, 내내 조이고 있던 긴장의 끈을 풀고 스르륵 바닥에 주저앉았다.

"이제 어쩌죠?"

문가에 기대앉은 하늬가 말했다.

"둘 중 하나지. 도망치거나 싸우거나."

원기가 대꾸했다. 실제로 기존 5과를 괴멸하고 새로운 5과를 세우고 싶어 하는 이안에게 남은 유일한 위협 요소는 배씨 가족이라 충돌은 불가피했으므로 선택지는 둘뿐이었다.

"자, 어쩔래? 섬에 숨든 밀항을 하든 다 같이 도망갈래?"

원기의 제안에 가족들 중 아무도 손을 들지 않았다.

"그럼 다 같이 싸울래?"

이어진 제안에도 아무도 손을 들지 않았다.

"아, 그럼 어쩌자고!"

원기가 짜증을 부렸다. 그러자 순동이 나섰다.

"이건 어때요? 다들 도망치고, 저 혼자 남아서 싸우는 거예요."

그 말에 희라가 반대표를 던졌다.

"그건 안 되지. 당신과 나는 한 팀이잖아. 아버님이랑 애들은 도망가고, 우리는 남아서 함께 싸워야지. 살든 죽든 꼭 같이해야 한다고."

희라의 단언에 순동이 감동받은 얼굴을 했다. 여보, 서로를 부른 두 사람은 색이 바랜 결혼반지를 낀 왼손을 부여잡았다. 그때 침대 밑에 앉아 있던 하준이 슬쩍 끼어들었다.

"분위기 좋을 때 미안하지만, 얘기가 이렇게 되면 난 도망 못 가요. 내가 되고 싶은 건 부모님 집에 얹혀사는 한량이지

부모님을 버리는 호래자식이 아니라고."

곧바로 하늬도 자신의 의견을 피력했다.

"나도. 오빠는 몰라도 엄마 아빠를 버리곤 못 가."

말을 마친 하늬는 원기를 보았다. 원기는 할 수 없단 듯 어깨를 으쓱했다.

"그래. 나 혼자 살아서 뭐 하냐. 차라리 너희 데리고 마누라나 보러 가는 게 낫지."

어쩌다 보니 의견이 하나로 좁혀졌다. 하늬가 이를 정리해 말했다.

"그럼 다 같이 싸우는 쪽으로 결정된 거죠? 어떻게, 5 대 1인데 그냥 한번 붙어 봐요?"

그 말에 원기가 고개를 저었다.

"그래서야 승산이 있겠냐? 그 미친놈 능력 말이야. 뭔가 좀 다르지 않았어?"

하준이 격하게 맞장구쳤다.

"확실히 달랐어요. 짐승 녀석, 아무래도 능력을 편애해서 준 거 같은데."

그때 순동이 분위기를 긍정적으로 끌어올렸다.

"그렇지만 우리한테도 능력이 없는 건 아니잖아. 너무 비관적으로 생각할 거 없어."

뒤이어 희라가 순동의 의견에 힘을 실었다.

"맞아. 개인적으로 나한텐 바뀐 능력이 더 잘 맞는 거 같기도 해."

그러면서 산에서 뛰어 내려올 때 나뭇가지에 긁힌 다리 상처에 입김을 후 불었다. 곧바로 상처가 흔적도 없이 사라졌다. 이를 본 능력의 본래 주인 하준이 잔소리했다.

"확실히 빨리 낫기는 하는데 속도가 능사는 아냐, 엄마. 깊이를 잘 조절해야 한다고."

그러자 본래 하준의 능력을 가지고 있었던 순동이 끼어들었다.

"너야말로 잘 조절해라. 싸울 때 바퀴벌레를 다 불러들이면 다른 사람들은 어떻게 하냐."

질세라 원기도 참았던 말을 했다.

"네 입에서 싸웠단 말이 잘도 나온다. 벽에 주먹을 박고 낑낑대기만 한 주제에."

스리슬쩍 하늬도 숟가락을 얹었다.

"그건 할아버지도 마찬가지잖아요. 계속 뛰어다니면서 방해만 하셨으면서."

가만있을 수 없는 희라도 나섰다.

"솔직히 방해로 따지면 네가 제일 많이 했다. 온 사방에 꽃가루를 뿌리면 어쩌자고."

그 말을 끝으로 배씨 가족은 다 같이 언성을 높였다. 누군 처음부터 잘했냐, 나는 처음부터 잘했다, 너는 딱 봐도 소질이 없다, 너도 딱히 잘하지는 않았다 같은 소모적인 대화가 꼬리에 꼬리를 물며 이어졌다. 작은 호텔 방 안은 금세 알아들을 수 없는 소음으로 가득 찼다.

그 시각, 소란스러운 호텔 방과 달리 산속 오두막은 고요했다. 그곳에 감도는 소리라곤 이안의 규칙적인 숨소리가 유일했다. 조급하게 숲에서 도망친 가족들이 우습게도 그는 애초에 가족들을 쫓지 않았다. 밖으로 한 발짝도 나가지 않은 채두 시신의 곁에 머물렀다. 창문에 달린 흰 커튼을 뜯어 시신들위에 덮어 놓고, 본인은 조금 떨어진 의자에 앉아 시간을 죽였다. 흰 천이 완연하게 붉어질 때까지, 그렇게 침묵을 유지하다겨우 이 한마디를 했다.

"미안해."

그 외엔 더 할 말이 없었다. 다시 시간을 돌려도 같은 선택을 할 것이었기에 후회나 회한을 표할 수는 없었다. 그 대신한 번 더 사과했다.

"정말 미안해."

이안은 언제나 친구였던 태성과 한때는 상사였던 한위의희생이 헛되지 않도록 자신이 꼭 좋은 세상을 만들겠다고 다짐했다. 햇살로 가득했던 오두막이 노을빛으로 물들고 다시달빛으로 물들 때까지 그 다짐을 되새기다가 비로소 자리에서 일어났다. 그리고 본격적으로 다짐을 실현하기 위해 테이블로 다가갔다. 그런데.

"어?"

분명 테이블 위에 있어야 할 외장메모리가 보이지 않았다. 이안은 전에 없이 당황한 기색을 보이며 동요했다. 하지만 곧 어떻게 된 일인지 알아채고 헛웃음을 지었다.

같은 시각, 산속 오두막에서 멀리 떨어진 시내 호텔에선 자신이 이안을 웃음 짓게 만든 줄 꿈에도 모르는 하준이 심각한 표정을 짓고 있었다. 서로 할 말을 다 하고 난 뒤에야, 이안을 상대할 방법을 찾자고 가족들과 합의를 보고 진지하게 생각하는 중이었다.

'뭘 어떻게 해야 그 자식을 이길 수 있지?'

하지만 날이 저물 때까지도 이렇다 할 대응책이 떠오르지 않았다. 이에 답답해진 하준은 누워 있던 침대에서 벌떡 일어났다. 그리고 무심결에 점퍼 주머니에 손을 꽂았다가 멈칫했다. 어라? 이게 뭐야? 하준은 주머니 안에서 집히는 물건을 쥐고 꺼냈다. 그리고 다음 순간.

"악!"

외마디 비명과 함께 그 물건을 바닥에 내던졌다.

"뭐야? 저걸 왜 네가 가지고 있어?"

바닥에 떨어진 한위의 외장메모리를 본 가족들이 일제히 소리쳤다. 그러자 하준이 어버버 답했다. 이안이 한위에게 자살을 권했을 때, 이를 무르고 협상을 시도해 보려고 충동적으로 집었다가 다음에 상황이 너무 급박하게 돌아가자 그대로 챙겨 버린 것 같다고 말이다.

"아…."

가족들은 일제히 한탄했다. 아직 이안을 어찌 상대할지 정하지 못했는데, 이렇게 되면 재회의 시간만 당겨질 게 빤했기 때문이다. 급기야 원기는 이렇게 짜증을 부렸다.

"망할. 이럴 줄 알았으면 그냥 얌전히 병원에 처박혀 있는 건데."

평소 같으면 그런 부정적인 언사 말라고 만류했을 순동과 희라도 이번만큼은 같은 마음인지 아무 말도 하지 않았다. 그런데 그때 갑자기 하늬의 눈이 번뜩 빛났다.

"잠깐만, 병원?"

하늬는 가족들을 둘러보며 말했다.

"차라리 지금 병원으로 돌아가는 건 어때요?"

이에 가족들은 뜨뜻미지근한 반응을 보였다. 혹시 무솔의 경호원들이 막아 줄 거라고 기대하는 거냐며, 국정원 요원들도 당했는데 경호원들이라고 별수 있겠냐고, 괜히 또 다른 사상자만 낼 뿐이라고 반대했다. 하지만 하늬는 순순히 물러나지 않고 설득을 시도했다.

"어쩌면. 진짜 미친 소리 같긴 한데… 어쩌면요."

이렇게 운을 띄우고 조심스럽게 말했다.

"우리가 다른 사람들의 생각대로 미치지 않았다면, 다른 사람들도 우리 생각대로 미치지 않았을지도 모르잖아요."

2

　새까만 하늘에 보름달이 콕 박힌 밤, 마당 CCTV 모니터를 보던 당직 경호원이 샌드위치 한 입을 베어 물려다 멈칫했다. 그대로 자석에 이끌리듯 천천히 모니터 쪽으로 몸을 기울였다. 모니터 너머에는 다섯 사람이 있었다. 그들은 점점 건물에 가까워졌다. 어라? 저 사람들은. 당직 경호원은 눈을 한 번 비비고 보란 듯이 마당을 가로지르는 다섯 사람에게 시선을 고정했다. 그러다 그들이 누군지 확신한 순간 무전기를 집어 들었다.

　"팀장님 연결해 주세요. 빨리요!"

　보고를 받은 건물 안 경호원들은 분주하게 움직이기 시작했다. 하필 출타 중인 원장에게 연락을 시도하며 돌아온 탕자들을 맞이할 준비를 했다. 그동안 당당해도 너무 당당하게 돌아온 탕자들은 건물 정문 앞에 도착했다. 그 자리에서 순동이 바로 문을 뜯어 버릴 수 있었지만 그런 무례를 범하기 전에 정중하게 노크부터 했다. 똑똑. 오래지 않아 건물을 지키고 있던 경호원이 문을 열어 주었다. 무려 경호원들의 대표가 직접 나와서 맞아 주었다.

"어서 오세요."

이틀 사이 탈출한 여섯 사람을 찾느라 혈안이 된 탓에 부쩍 까칠해진 무솔이 태연하게 인삿말을 건넸다. 그리고 당연하게도 보이지 않는 한 사람을 찾았다.

"서이안은요?"

그 이름을 듣자마자 원기가 손사래를 쳤다.

"그 미친놈 얘긴 꺼내지도 마요. 우리랑 아무 상관도 없으니까."

이렇게 선을 긋고는 들어오란 허락을 받기도 전에 먼저 안으로 발을 들였다.

"일단 좀 들어갑시다."

무솔은 순순히 길을 비켜 줬다. 그 길을 따라 원기를 필두로 다른 가족들이 전원 입장했다. 그러자 뭐, 예상했던 풍경이 펼쳐졌다.

건물 2층으로 이어지는 계단까지 무장한 경호원들이 무더기로 서 있었다. 가족들을 경계해서라기보다는 아직 5과의 궤멸 소식을 알지 못한 터라 가족들을 따라 5과 요원들이 나타날까 봐 대비한 듯했다.

검은 조끼를 입고 열을 맞춰 선 경호원들에게선 위압감을 넘어선 비장함이 느껴졌다. 마치 출정을 앞둔 전사들 같았다. 그 모습을 보고 희라가 눈을 휘둥그레 뜨며 감탄했다.

"어머, 멋있어라."

엊그제의 그녀라면 이런 상황에 겁부터 먹었겠지만 지금의 그녀에게 이런 광경은 흥미로운 눈요깃거리에 불과했다. 희라는 화색을 띠며 포위망을 형성한 경호원들을 둘러봤다. 물론 다른 가족들도 그녀 못지않게 기꺼워하며 주변을 살폈다. 안 그래도 이곳에 도착하면 경호원들과 일일이 만남을 가질 생각이었는데, 이렇게 한자리에 모여 있어 주니 고마울 따름이었다. 그래서 두 번 생각하지 않고 딱 한 사람에게 뒤를 맡겼다.

"그럼 잘 부탁해."

곧장 그 사람이 앞으로 나섰다.

"바로 시작할게."

선두에 선 하늬의 말이 떨어지기 무섭게 하준이 휴대폰으로 음악을 틀었다. 그 음악에 맞춰 하늬는 본격적으로 몸을 흔들었다. 로비를 무대 삼아 주변의 모든 사람들을 투명 인간 취급하며 한때 댄스 아카데미에서 갈고 닦은 춤 실력을 여과 없이 선보였다. 그동안 그녀의 몸에서는 폴폴, 반짝이는 꽃가루 입자가 흩날렸다. 웨이브를 하면 할수록, 스텝을 밟으면 밟을수록, 꽃가루는 더 많이 그리고 더 멀리 퍼져 나갔다.

"쟤 지금 뭐 하는 거야?"

그런 하늬를 미친년처럼 바라보기도 잠시, 경호원들이 돌연 에취, 재채기를 했다. 뒤이어 눈을 비비고 콧물을 흘리며 주저앉았다.

"다들 정신 똑바로 차리고 자리를 사수, 에취!"

무솔이라고 예외는 아니었다. 그 역시 계속되는 재채기에 괴로워하며 제대로 명령을 내리지 못했다. 그때쯤 경호원들이 충분히 무력해졌다고 판단한 원기, 희라, 하준은 그들을 가로질러 계단을 오르기 시작했다. 몇몇 직업 정신 투철한 경호원들이 바닥을 뒹구는 와중에도 세 사람의 바짓가랑이를 붙잡으며 저지를 시도했지만 실제로 막진 못했다. 세 사람은 무사히 계단 끝까지 올라서 자취를 감췄다. 그동안 하늬는 순동이 뒤에서 자신을 지켜보고 있다는 사실을 잊은 채 무아지경으로 격렬하게 트월킹을 췄다.

그 덕분에 탈 없이 2층에 도착한 원기, 희라, 하준은 깜깜한 복도 초입에서 흩어졌다. 최대한 시간을 절약하기 위해 각자 도움을 청할 사람에게 떠났다.

제일 먼저 원기가 재우의 방에 들어갔다. 자정이 넘은 시각이라 재우는 이미 자고 있었다.

새근새근한 숨소리가 방 안 가득 울리고 있었다. 원기는 재우의 침대맡으로 다가가서 그를 내려다봤다. 호흡 때문에 오르락내리락하는 배 위에 가지런히 포개져 있는 두 손이 보였다. 평소엔 부산스럽기 그지없던 그 손들이 조금도 움직이지 않고 있었다.

"그러니까 이 인간이 했던 말이 전부 사실일 수도 있다고?"

원기가 영 못 믿겠다는 찜찜한 얼굴을 하고 재우를 바라봤다. 그러자 오래지 않아 잠귀가 밝은 재우가 기척을 느끼고 눈을 떴다. 어둠 속에서 두 사람의 눈이 마주친 순간, 깜짝 놀란 재우가 기겁하며 일어났다. 그리고 보통 사람이라면 비명을 질러야 할 타이밍에 우선 손동작부터 재개하고 다음으로 비명을 질렀다. 아악! 하지만 다행히 오래 비명을 지르지 않았다. 금방 침입자의 정체를 파악하곤 심호흡을 하며 물었다.

"어르신, 여기서 뭐 하세요?"

그 질문에 원기는 바로 대답하지 못하고 우물쭈물했다. 어떻게 봐도 미친 인간이 사실은 미치지 않았을 거라 믿고 도움을 청하기가 내키지 않았기 때문이다. 그가 생각할 때, 이번 작전은 그냥 미친 짓 같았다. 하지만 이것 외에 다른 작전을 세우지 못했고 어쨌든 가족들을 위해서니 미친 소리 한번 안 할 수도 없었다. 그래, 까짓것 지푸라기라도 잡는 셈 치지 뭐. 겨우 마음을 다잡은 원기는 말 많은 재우가 왜 왔냐, 어떻게 왔냐, 지난 이틀간 병원이 얼마나 떠들썩했는지 아냐 같은 소리들을 막 늘어놓기 시작할 때, 진정하라며 그의 말을 잘랐다. 그리고 오밤중에 찾아온 용건을 밝혔다.

"부탁 하나만 합시다. 잠시만 그 손을 멈추고 재앙을 불러 줘요. 지진이든 벼락이든 불기둥이든 뭐든. 괴물을 때려잡을 수 있을 만한 가장 강력한 걸로."

상상치 못했던 부탁에 재우는 잠시 멈칫했다. 한다 만다 대꾸 없이 눈만 끔뻑였다. 그러자 원기가 뒤늦게 이유를 설명했다. 지난 이틀 동안 있었던 일련의 사건들과 생각보다 더 미친놈이었던 이안의 실체에 대해 낱낱이 이야기해 주었다.

같은 시각, 한 층 위에 있는 방에서 희라 역시 원기와 같은 이야기를 하고 있었다. 5분 전 정희의 방에 침입한 그녀는 침대에 대자로 누워서 자고 있는 정희를 흔들어 깨웠다. 그리고 놀라서 소리치는 정희의 입을 틀어막고 한밤중에 다짜고짜 찾아와서 미안하다고 사과한 뒤 무례를 범한 이유를 소상히 밝혔다. 희라의 이야기가 이안이 절친한 친구를 죽이고 이제는 자신들을 노리고 있다는 대목에 이르렀을 때, 정희는 몸을 부르르 떨었다.

"조용해 보이는 친구였는데. 이래서 인간은 믿을 수가 없다니까요."

곧바로 정희는 협탁 위에 올려 둔 종이컵에 손을 뻗었다. 긴장으로 마른 목을 축이기 위해서가 아니라 종이컵을 품에 안기 위해서였다. 정희는 종이컵을 소중히 쓰다듬으며 근데 이 위기 상황에 자신을 찾아온 이유가 무엇인지 물었다. 희라는 망설임 없이 답했다. 정희의 남편이 자신들을 도와주었으면 한다고 말이다. 그리고 아마도 이번엔 종이컵으로 변신한 것 같은 도깨비에게 직접 말을 걸었다. 종이컵에 얼굴을 가까이 들이밀고 최대한 친한 척했다.

"안녕하세요. 오랜만에 뵙네요. 혹시 실례가 안 된다면 잠깐만 본모습으로 돌아와서 저희를 도와주실 수 있을까요?"

바로 그때, 정희의 방에서 조금 떨어진 방으로 들어간 하준은 말을 아끼고 있었다. 할아버지나 엄마와 달리 그는 이런저런 이야기를 늘어놓지 않았다. 방의 주인인 아름이 처음부터 모든 사정을 알고 있다는 듯 굴었기 때문이다. 그녀는 애초에 자고 있지도 않았다. 하준이 방문을 열었더니, 침대 끄트머리에 앉아 있던 아름이 맞아 주었다.

"왔어?"

하준은 조용히 방문을 닫고 말했다.

"내가 왜 왔는지 알아?"

아름은 고개를 끄덕였다. 하준은 그녀가 진짜 능력자인지 사기꾼 기질이 다분한 정신병자인지 분간이 안 됐다. 하지만 어차피 확률은 반반이니 굳이 시험하지 않았다. 그 대신 아름의 옆에 앉아 본론을 말했다.

"네 능력으로 서이안을 저주해 줘."

"좋아."

"좋다고? 이렇게 쉽게?"

"응. 나도 그 자식이 마음에 안 들거든."

"잘됐네. 그럼 하는 김에 센 저주를 내려 줘. 평생 허튼짓 못 하도록."

"그럴 거야. 이참에 서이안이 사라지면 많은 게 달라질지 모르니까. 어쩌면."

여기까지 말한 아름이 갑자기 입을 다물었다. 그리고 특유의 눈빛으로 하준을 보았다.

"뭐야? 갑자기 왜 이래?"

부담을 느낀 하준이 몸을 뒤로 물렸다. 하지만 아름은 대꾸하지 않고 새까만 동공을 오롯이 하준에게 고정했다. 어두운 방 안에서 그녀의 눈이 반짝, 빛났다. 하준은 잠자코 그 눈빛을 받았다. 그러기를 얼마 뒤, 마침내 아름이 닫았던 입술을 열었다.

"어쩌면 말이야."

하지만 끝내 그 말을 맺지는 못했다. 그 타이밍에 밖에서 다른 소리가 났기 때문이다.

저벅.

그 소리가 들려온 순간, 하준은 손을 뻗어 아름의 손등 위로 자신의 손을 포갰다. 그리고 뭐 하는 거냐며 당황하는 그녀에게 조용히 하란 신호를 보낸 뒤, 정적 속에서 바깥소리에 귀를 기울였다. 여지없이, 같은 소리가 또렷하게 들려왔다. 저벅.

3

저벅저벅, 불 꺼진 병원 로비로 막 들어온 침입자가 지나갔다. 배씨 가족의 초대를 받고 온 이안은 열려 있는 정문을 통해 안으로 들어와서 걸음을 옮겼다. 어두운 로비에 그를 맞아 주는 이는 아무도 없었다. 그 덕분에 이안은 누구의 방해도 받지 않고 느긋한 걸음을 유지하며 2층과 연결되는 계단으로 향했다. 하지만 막상 계단 앞에 도착해서는 무슨 심경의 변화인지 위로 올라가지 않았다. 그 대신 주위 소리에 귀를 기울이다 복도 쪽으로 몸을 틀었다.

1층 복도 끝에는 철문이 세워져 있었다. 자동 잠금장치가 설치된 그 문은 언제나 굳게 잠겨 있었다. 하지만 이안에겐 문제가 되지 않았다. 그는 손가락을 휘둘러 톱날 모양의 바람으로 문을 갈랐다. 그리고 그 길로 지하로 내려갔다.

지하 복도는 로비와 마찬가지로 어둡고 텅 비어 있었다. 평소에도 을씨년스러운 분위기가 물씬 풍겼지만 오늘따라 유독 더했다. 그러나 이 역시 이안에겐 문제가 되지 않았다. 그는 음침한 기운을 가뿐히 헤치고, 눈앞을 가로막는 쇠창살을 죄다 갈라 버리며, 지하 복도를 요리조리 지났다. 그러다 어느 순간, 갑자기 걸음을 멈추고 그 자리에 쭈그려 앉았다.

눈높이를 낮추자 시야에 배식구가 들어왔다. 이안은 철문 하단에 달린 배식구에 직사각형 모양의 구멍을 내어 들여다보았다. 애초에 생경한 숨소리들을 쫓아 여기까지 온 탓에 안쪽 풍경은 대강 예상했으나 직접 눈으로 확인하니 역시나였다.

독방 안에는 꽃가루에 취해 비몽사몽 상태인 무솔과 그의 수하 일곱 명이 있었다.

다른 방에서도 유사한 숨소리가 들려오는 것으로 보아 현재 모든 경호원들이 이 지하에 갇혀 있는 듯했다. 이런 짓을 할 만한 사람은 뭐, 두 번 고민할 필요도 없이 배씨 가족뿐이었다. 그런데 왜 이런 짓을 한 거지? 이안은 바로 떠오르는 생각을 소리 내어 말했다.

"나랑 어지간히 피하게 하고 싶었나 보네."

그 생각은 정확히 맞았다. 이안과 경호원들이 부딪치면 유혈 사태를 피할 수 없을 거라고 생각한 가족들은 그 전에 모든 경호원들을 치워 두기로 결정했다. 그래서 30분 전, 이 병원에 도착하자마자 하늬가 꽃가루로 그들을 저항 불능 상태로 만들고 순동이 괴력으로 그들을 두세 명씩 옮겨서 가두었다. 그 노력이 무색하게 이안이 오자마자 경호원들을 찾아내긴 했지만 다행히도 가족들 못지않게 유혈 사태를 피하고 싶었던 그는 순순히 물러났다. 쓸데없는 피를 보는 대신 새로운 소리를 쫓아 지상으로 올라갔다.

새벽녘 정신병원에서는 무수한 소리가 났다. 취침 중인 환자들의 코골이 소리, 배수관을 흐르는 물소리, 마당을 뛰노는 고양이 울음소리…. 그 많은 소리들 가운데 특별히 이안의 관심을 끈 것은 세 사람의 말소리였다.

"이 자식은 왜 이렇게 안 오는 거야."

"기다려요. 금방 올 거랬으니까."

"빨리 해치우고 잠이나 자고 싶네요."

평소 어울리는 법이 없는 세 사람의 대화를 엿들은 이안은 곧장 2층으로 향했다. 마치 들으란 듯 계속되는 잡담을 쫓아 식당에 발을 들이자 과연, 예상했던 세 사람이 보였다.

불 꺼진 식당 한가운데에 재우, 정희, 아름이 모여 있었다.

4인용 식탁에 둘러앉은 그들은 무미건조한 얼굴로 아무 얘기나 떠드는 중이었다. 문가에서 그 모습을 지켜본 이안이 먼저 말을 걸어 자신의 등장을 알렸다.

"이 시간에 여기서들 뭐 하세요?"

그러자 세 사람의 고개가 일제히 이안을 향해 돌아갔다.

그들 중 재우가 나서서 답했다.

"뭐 하긴. 널 기다리고 있었지."

그 한마디에 돌아가는 상황을 대강 파악한 이안이 식탁으로 다가가 남는 자리에 앉았다. 그러자 정희가 실망한 얼굴로 입을 열었다.

"청년이 제정신이 아닌 줄은 알고 있었지만 이 정도일 줄은 몰랐어요."

이안은 태연히 대꾸했다.

"우리 중에 제정신인 사람이 어디 있어요? 모두 위험하고 불안한 존재들이면서."

그 말에 일면 동의하며 아름이 맞받아쳤다.

"그래서 우린 정신병원에 박혀 있잖아요. 그쪽처럼 밖에 나가서 사고 치지 않고."

역시나 이안은 여유롭게 반박했다.

"당장은 사고처럼 보이지만 사실은 변화예요. 여러분이 밖으로 나가지 않고 이곳에 박혀 있는 건 저만큼 세상을 변화시킬 힘이 없어서 그런 거고요."

그 순간 재우가 크게 웃으며 끼어들었다.

"무슨 말도 안 되는 소리! 우리 힘이 어느 정도인 줄 알고. 그리고 순전히 힘으로만 따지면 배씨네도 만만찮은데 그 가족은 얌전히 지내려 하잖아."

그러자 이안이 자못 아쉬운 표정을 지었다.

"그건 그 가족이 이기적이어서 그래요. 그들의 그릇이 조금만 더 컸더라면 우린 함께 많은 일을 할 수 있었을 텐데. 안타깝게도 그 가족은 자기들 안위밖에는 생각하지 못해요."

그 말에 정희가 코웃음을 쳤다.

"나 참. 가족들 안위를 지키는 게 얼마나 어려운 일인데. 만일 모든 사람들이 자기 가족에게만이라도 잘하고 떳떳하려 한다면 세상은 절로 평화로워질걸."

하지만 이안은 전혀 설득되지 않은 얼굴로 대꾸했다.

"어쨌든 모든 사람들은 그렇지 않잖아요. 지금 세상은 충분히 평화롭지 않고요. 그래서 전 제가 해야 할 일을 해야 해요. 제게 힘이 있는 동안, 어떤 희생을 치르더라도요. 그런 의미에서 오늘 여기서 여러분을 만난 건."

이 대목에서 잠시 말을 끊은 이안은 세 사람을 한번 둘러본 뒤 남아 있는 말을 덧붙였다.

"유감이에요."

그러더니 슬슬 자리를 파할 생각으로 주머니에 꽂고 있던 손을 꺼냈다. 마치 칼이라도 꺼내듯 위협적으로. 하지만 세 사람은 전혀 동요하지 않았다. 도리어 이안이 먼저 이렇게 나와주길 기다렸다는 듯 가소롭단 얼굴로 선전포고를 했다.

"우리야말로 유감이네요."

아름의 말이 떨어지기 무섭게 세 사람은 바로 행동을 개시했다. 재우는 분주히 움직이고 있던 양손을 허공으로 들어 올렸고, 정희는 소중하게 들고 있던 종이컵을 식탁에 올려놓았고, 아름은 기습적으로 이안에게 몸을 기울여 그의 귓가에 대고 속삭였다.

"너는 살아서 다시는 해를 보지 못해."

그때, 배씨 가족은 식당과 멀찍이 떨어진 복도에 있었다. 어두운 복도에 모습을 감추고 서서 식당 안에서 돌아가는 상황을 지켜봤다. 재우, 정희, 아름이 예정대로 각자의 패를 꺼내든 후로 무슨 일이 생길지, 지진이 날지, 벼락이 떨어질지, 연막이 퍼질지, 갑자기 심장마비가 온 이안이 가슴을 부여잡고 쓰러질지, 다음 상황을 상상하며 숨죽여 기다렸다.

1초, 2초, 3초. 식당부터 복도까지 정적이 흘렀다. 긴장감이 시공을 지배하며 감히 누구도 움직일 수 없는 순간이 찾아왔다. 8초, 9초, 10초. 마치 이곳만 세상이 멈춘 것 같은 느낌이 들었다. 그런데 그 시간이 생각보다 조금 오래갔다. 30초, 31초, 32초. 오지 않을 것 같던 시간이 지나더니 급기야 58초, 59초, 심지어 1분이 넘어갔다.

그때쯤 금방이라도 무슨 일이 생길 줄 알고 굳어 있던 가족들이 조금씩 움직이기 시작했다. 눈을 깜빡이고 숨을 내뱉고 손가락을 까딱였다. 슬슬 불길한 예감이 들었다.

"설마 아무 일도 안 일어나는 건가?"

배씨 가족 중 처음부터 이 작전을 가장 못 미더워했던 원기가 말했다. 다른 가족들은 아니라고 말하지 않았다. 그 대신 실망한 얼굴로 하늬를 보았다. 그러자 주동자였던 하늬가 억울한 얼굴로 큰소리쳤다.

"왜 날 봐요? 보통 이럴 때 셋 중 하나 정도는 진짜잖아! 죄다 꽝일 줄 알았겠냐고요!"

예상 못 한 전개에 황당한 사람은 하늬만이 아니었다. 식당 안에 있던 이안도 마찬가지였다. 잠깐이지만 정말로 무슨 일이 벌어질 줄 알고 경계 태세를 갖췄던 그는 곧 아무 일도 벌어지지 않을 것을 확신하고 헛웃음을 지었다.

'내가 지금 뭘 겁낸 거야.'

스스로가 한심하게 느껴진 그는 더 이상 시간을 낭비하지 않고 자리에서 일어났다. 그리고 여전히 자신들의 능력을 굳게 믿으며 여유를 부리고 있는 재우, 정희, 아름을 향해 손을 들어 올렸다. 혹시나 했는데 역시나 미친 사람들에 불과했던 그들을 단번에 치고 가기 위해 막 손가락을 움직이려 했다. 그런데 그때, 예상을 벗어나지 않은 전개가 펼쳐졌다.

"잠깐만!"

소리치며 배씨 가족 전원이 식당에 입장했다. 어떻게든 이안과의 싸움을 피해 보고 싶었던 그들은 회심의 작전이 실패로 돌아가자 할 수 없이 모습을 드러냈다. 아무리 미친 사람들로 판명 났대도 재우, 정희, 아름이 희생되게 둘 순 없으니, 그전에 긴 복도를 단숨에 달려와 이안의 주의를 끌었다. 그리고 바로 선제공격을 감행했다. 싸우자는 경고도 없이, 한 명씩 덤벼드는 예의도 없이, 무작정 총공세로 달려들었다.

만일 그 순간, 이런 식으로 싸우면 부끄럽지 않나요? 하고 누군가 묻는다면, 배씨 가족은 아무 거리낌 없이 아니라고 할 것이었다. 자고로 싸움이란 스포츠가 아닌데 페어플레이 정신을 발휘할 이유가 없었다. 또한 누구에게 멋지게 보일 필요도 없었다. 그보다 가족들이 신경 쓰는 것은 오직 하나. 누구 하나도 다쳐선 안 된다는 다짐뿐이었다.

어차피 이기적이라는데 진짜 이기적으로 싸워 보지 뭐!

희라를 제외한 가족 전원은 단 한 번의 공격으로 전투를 끝내겠단 일념으로 각자의 필살기를 꺼냈다. 원기는 가속이 붙은 발차기를 날렸고, 순동은 힘을 잔뜩 실은 주먹을 뻗었고, 하준은 밖에서 불러온 벌 떼를 보냈고, 하늬는 빙그르 돌며 꽃가루를 뿌렸다.

하지만 부끄럽고도 이기적인 공격이 무색하게도 네 개 중 유효한 공격은 단 하나도 없었다. 이안이 자신의 주위로 빠르게 회오리바람을 일으켜 모든 공격을 쳐 냈기 때문이다.

"도대체 왜 저 자식 능력만 차원이 다른 거야!"

주춤하며 떨어져 나간 가족들이 분을 참지 못하며 소리쳤다. 그러자 이안이 차분히 설명했다.

"그야 전 각성했으니까요."

"각성?"

"네. 언제든 죽을 각오로, 죽일 마음으로. 새롭게 깨어났거든요."

쓸데없이 나긋한 말투에 약이 오른 원기가 버럭 소리를 질렀다.

"에라이. 사람 죽이는 게 어디 쉽냐! 하물며 개 한 마리를 죽이려고 해도 벌벌 떨어야 사람이지. 사람 목숨 알기를 개똥같이 알면 그게 사람이야?"

하지만 이안은 원기의 도발에 넘어가지 않고 침착하게 대꾸했다.

"그럼 할 수 없죠. 같은 힘을 가졌어도 우리의 차이는 매번 진심에서 나올 테니까요."

말을 마친 그는 이번에는 자신의 차례라는 듯 자세를 잡았다. 그리고 가족들이 미처 방어 태세를 갖추기 전에 공격을 감행했다. 진심으로 다 죽여 버릴 기세로.

이안이 손가락을 까딱하는 순간, 무방비하게 서 있던 가족들의 머리칼이 휘릭 날렸다. 뒤이어 우수수, 일제히 머리를 바닥에 꽂았다. 비명 한번 못 지르고, 무릎조차 꺾지 못하고, 그냥 나뭇잎 떨어지듯 툭툭 쓰러졌다. 그대로 바닥에 엎드려 누운 배씨 가족은 누구의 피인지 분간할 수 없는 피가 바닥을 흐르는 광경을 무력히 지켜봤다.

말 그대로 일격에 전투를 끝낸 이안은 선 지리에서 숨을 한 차례 골랐다. 후, 그러곤 피바다가 된 바닥에서 한 걸음을 뗐다. 찰박, 그 길로 천천히 하준에게 다가가 곁에 쭈그려 앉았다. 그리고 이미 눈감은 그의 주머니를 뒤적거려 외장메모리를 빼내고 속삭였다.

"잘 챙겨 줘서 고마워요."

사죄 대신 감사를 표한 이안은 자리에서 일어났다. 그때 그의 시야에 어느새 저 멀리 도망쳐서 구석 벽에 옹기종기 붙어 서 있는 재우, 정희, 아름이 들어왔다. 하지만 굳이 다가가는 수고를 하기는 귀찮았다. 이안은 무심한 눈길을 그들에게서 거두고 이제 이곳에선 볼 장을 다 봤다는 듯 미련 없이 식당을 떠났다.

4

어둠 속에 우뚝 서 있는 정신병원의 정문이 열렸다. 곧이어 승리자 이안이 밖으로 나왔다. 달빛을 핀 조명 삼은 그는 당당히 마당을 가로질렀다. 걸음마다 배씨 가족의 핏방울을 떨구며 마당 한복판에 세워 둔 SUV로 향했다. 하지만 바로 차를 타고 떠나진 않았다. 아직은 떠날 때가 아니었다. 그 전에 할 일이 있었다.

사실 배씨 가족의 초대를 받기 전부터 이안은 최대한 빨리 이곳으로 돌아올 마음을 먹고 있었다. 외장메모리에 있는 정보는 확인할 필요도 없었다. 상식선에서만 생각해도 중증 정신병자들로 그득한 정신병원은 좋은 세상에 필요치 않았기 때문이다. 특별히 노 원장은 위험한 환자와 그렇지 않은 환자를 나누어 격리병동과 일반 병동을 따로 운영했지만, 이안에겐 이거나 그거나 다 마찬가지였다. 언제 무슨 문제가 터질지 모르는 정신병원 따윈 시급히 제거해야 마땅한 사회악 그 자체였다.

이안은 SUV 트렁크를 열었다. 그리고 준비해 온 휘발유 두 통을 꺼냈다. 현재 지하 독방에 갇혀 있는 무솔과 경호원들에겐 미안하지만 대의를 위한 희생은 불가피했다. 이안은 미리 애도하는 마음을 품은 채 병원으로 돌아갔다. 서둘러 1층부터 5층까지 복도 곳곳에 휘발유를 뿌린 뒤 빈 통을 아무 복도에나 던지고 내려왔다. 그대로 빠르게 로비를 지나며 딸깍, 라이터에 불을 붙이고 현관을 나설 때 등 뒤로 던졌다. 곧바로 뒤통수에 뜨거운 열기가 전해졌다. 하지만 이안은 돌아보지 않았다. 돌아보고 싶은 충동을 억누른 채 우선 밖으로 나갔다. 그리고 잠시 뒤 SUV 앞에 당도해서야 마침내 충동에 따랐다. 보닛에 걸터앉아 불타오르는 병원을 감상했다.

아니, 그럴 계획이었다. 그런데 예상 시나리오와 달리 병원은 아직 불타고 있지 않았다. 불길이 치솟기는커녕 검은 연기조차 새어 나오지 않았다.

시간이 충분히 지났는데 어째서?

그 순간, 불길한 변수 하나가 이안의 뇌리에 스쳤다. 곧바로 이안은 한껏 부리고 있던 여유를 내버리고 병원으로 뛰어갔다. 그러자 까맣게 탄 로비 바닥에 보란 듯이 놓인 망가진 라이터가 보였다. 종잇장처럼 사정없이 구겨진 라이터엔 피가 잔뜩 묻어 있었다. 그 피는 로비를 지나 계단 위까지 길게 이어져 있었다.

묘한 전운이 감도는 계단과 복도를 단숨에 지난 이안은 금방 식당 앞에 도착했다. 식당 안은 그가 떠났을 때와 마찬가지로 피바다였다. 바닥이 온통 피 웅덩이였다. 그런데 정작 피를 쏟은 사람들은 거기 있지 않았다. 식당 안은 텅 비어 있었다.

보통은 불가능한 상황이었다. 하지만 이번엔 가능했다. 왜냐하면 배씨 가족은 보통 사람들이 아니니까. 이안은 숨통이 끊어지기 전에 있는 힘을 다해 가족들에게 기어가서 쥐어짜내듯 입김을 불었을 희라의 모습을 어렵지 않게 상상했다.

"그 아줌마부터 확실히 죽였어야 했는데."

뒤늦은 후회를 표한 이안은 느슨해진 신경을 바짝 조였다. 눈을 빛내고 귀를 세웠다. 그러자 갑자기 주위가 환히 보이고 잡소리들이 크게 들렸다. 하지만 어디서도 배씨 가족의 동태는 느껴지지 않았다. 아마도 그들 스스로 기척을 죽이고 있는 듯했다. 마치 수풀 속에서 기회를 노리고 있는 맹수들처럼 적당한 반격의 때를 노리는 듯했다. 그렇다면 이안으로서도 긴장하지 않을 수 없었다. 그는 조심스러운 발걸음으로 복도를 걷기 시작했다.

째깍째깍. 사방에서 규칙적인 시계 초짐 소리가 울려 퍼졌다. 그 소리가 120번쯤 들렸을 때, 마침내 첫 공격이 시작됐다.

쉬익. 등 뒤에서 미세하게 공기가 갈리는 소리가 났다. 이안은 황급히 톱니바퀴 같은 바람을 뒤로 날렸다. 휘잉. 바람이 직진하며 뒤에 있던 조각상을 좌악 갈랐다. 하지만 정작 공기를 가르며 돌진해 오던 원기는 다른 복도로 몸을 틀어 몸을 피했다.

"이런."

이안이 절단된 조각상을 보며 아쉬워했다. 그리고 계단 쪽으로 이동했다. 바로 그때, 째앵 소리와 함께 이안의 머리 위로 그랜드피아노가 떨어졌다. 이안은 다시금 휘잉 바람을 날려 허공에서 피아노를 반으로 갈랐다. 뒤이어 아마도 계단 위쪽에서 피아노를 떨어트렸을 순동을 향해 한 번 더 바람을 날렸다. 하지만 순동은 이미 사라진 뒤였고 이안의 바람은 천장에 달려 있던 샹들리에에만 떨어트렸다. 쿠웅. 샹들리에가 1층 로비에 떨어지는 광경을 목격한 이안이 눈살을 찌푸렸다.

"원장이 열 좀 받겠네."

그리고 화원 쪽으로 이동했다. 그때 그의 발목이 갑자기 간지러워지기 시작했다. 시선을 아래로 내리자 발목을 타고 오르는 무수한 거미 떼가 보였다.

"아, 깜짝이야!"

소리친 이안은 반사적으로 바람을 날리려다가 멈칫했다. 자칫 자신의 발목을 자를 뻔했다는 사실을 깨달은 이안은 톱니바퀴 같은 바람을 거두고, 그 대신 작은 회오리를 일으켜 거미 떼들을 쫓아냈다. 그리고 주위에 숨어 있을 하준을 찾아

246

두리번거리며 복도로 나왔다. 그때 창고 문이 살짝 닫히는 것
이 보였다. 이안은 재빨리 창고 안으로 들어갔다. 그 순간, 갑
자기 밖에서 문이 쾅 닫혔다. 동시에 쿨럭, 이안의 숨이 차올
랐다. 그제야 밀폐된 창고 안에 가득 떠도는 꽃가루 입자를 확
인한 이안은 가슴을 부여잡으며 주저앉았다. 하지만 다행히
의식을 잃기 전, 문을 바람으로 갈라서 틈새로 빠져나올 수
있었다.

"하씨, 짜증 나게."

욕지거리를 뱉은 이안은 서둘러 수영장으로 달려가서 물
속에 몸을 던졌다. 그렇게 겨우 정신을 차리고 난 뒤에야 허공
에 외쳤다.

"계속 이딴 장난질만 할 거야?"

이안의 질문이 메아리치며 사방에 울렸다. 그렇지만 배씨
가족 중 누구도 답을 하지 않았다. 이후로도 한동안 더 장난
질 같은 게릴라전이 반복되었다. 그때마다 이안은 번번이 바람
을 날려 병원 내 벽지를 찢고 장식품들을 박살 내고 천장과 기
둥에 커다란 흠집을 냈다.

째깍째깍. 규칙적인 초침 소리가 배씨 가족의 첫 도발 이
후 1800번이 울렸다. 그동안 이안의 인내심은 바닥이 났고 분
노는 끓는점을 넘어섰다. 미침내 더는 이 소모전을 못 해 먹겠
다고 판단한 이안은 자신이 싸움을 주도하기로 결심하고 어느
방에 침입했다. 그리고 그 방 침대에 누워 있던 주인을 인질로

삼았다.

"꺄악!"

미약한 꽃가루에 취해 곤히 잠들어 있던 미나가 곧장 비명을 질렀다. 하지만 이안은 저지하지 않았다. 오히려 미나가 더 소리치게 둔 채 그녀를 끌고 병원 밖으로 나갔다.

병원을 둘러싼 숲으로 들어간 이안은 적당한 평지에서 멈춰 섰다. 그러자 이내 배씨 가족이 속속 모습을 드러냈다. 미나의 비명을 듣고 온 그들은 다섯 방향에서 이안을 둘러싸고 멀찍이 섰다. 이안은 가족들의 얼굴을 둘러보며 반갑게 말했다.

"드디어 만나네요."

온몸이 피로 물든 가족들은 살기를 띤 표정을 지었다. 이를 본 이안이 여유를 부렸다.

"표정을 보아하니 이번엔 절 죽일 마음이 있나 봐요?"

그 말에 원기가 대꾸했다.

"온 가족이 죽다 살아난 와중에 못 할 일이란 없지."

"각오가 좋은데, 그 각오를 왜 이제야 해요."

이안은 아쉽단 얼굴로 미나를 내동댕이치곤 가족들을 둘러보았다.

"진작에 했으면 좋았잖아요. 우리 능력을 합쳐서 잘못된 세상을 뒤집고, 망해 가는 지구를 구하고, 희망 없는 미래를 살리는 쪽으로 뜻을 모았으면 좀 좋아요? 하지만 여러분은 언제나 여러분에게 문제가 생겨야만 움직이죠. 이기적이고 편협해요. 근시안적이고 그릇이 작죠. 그래서 여러분은 절 이길 수 없어요.”

한참을 혼자 떠들어 댄 이안이 마지막 말에 힘을 주었다.

“여러분은 초능력을 가질 자격이 없어요.”

그 순간 갑자기 숲속에 찬바람이 쌔앵 불었다. 가족들은 얼어붙은 얼굴로 이안을 노려봤다. 지나가던 개미조차 눈치를 볼 법한 아슬아슬한 긴장이 그들 사이를 휘감았다. 하지만 이는 오래가지 못했다. 평소 말 같잖은 소리를 진지하게 들어 줄 줄 모르는 가족들이 더는 못 참겠다는 듯 하나둘 입을 열었기 때문이다.

“아니, 쟨 누가 키웠길래 저 모양이 된 거야?”

가장 먼저 순동이 혀를 내두르자 이어서 희라가 유감이란 얼굴을 했다.

“나도 웬만하면 가정교육 들먹이기 싫은데, 쟨 좀 문제가 있어.”

그러자 하준이 무심히 끼어들었다.

“내버려 둬, 저것도 타고난 거야. 지가 피곤하게 살겠다는 걸 어째.”

마지막으로 하늬가 한숨을 내쉬었다.

“그래도 상대하긴 해야지. 세상을 구하겠단 망상에 빠진 미친놈 하나만 막아도 우리 가족이 초능력을 가질 이유는 충분하잖아?"

대수롭잖은 가족들의 반응에 이안은 급격히 상한 기분을 숨기지 못했다. 그래서 곧장 자세를 고쳤다.

"날 막겠다고? 있는 능력들도 제대로 못 쓰는 주제에. 어디 한번 해보시든가."

그 말이 끝나기 무섭게 이안의 발밑에서 작은 회오리바람 이 일었다. 그 바람은 점점 커져 가며 바닥에 있는 풀들을 자 르기 시작했다. 마치 바람 자체가 돌아가는 칼날 같았다. 당연 하게도 가족들은 그 광경을 오래 지켜보지 않았다. 커질 것이 자명한 회오리가 커지기를 기다려 줄 이유 따윈 하나도 없었 다. 가족들은 곧장 공격 태세를 취했다. 원기는 한 다리를 들 어 올렸고, 순동은 양 주먹을 꽉 쥐었고, 하준은 공중에 새 떼 들을 모았고, 하늬는 목을 좌우로 뚝뚝 꺾었다. 그리고 네 방 향에서 일제히 이안에게 달려들었다. 바로 그 순간.

휘이익.

예상보다 빠르게 회오리의 크기가 커졌다. 순식간에 몸집 을 불린 회오리는 폭풍의 눈처럼 버티고 있는 이안을 구심점 으로 하늘 높이 올라서 무섭게 용솟음쳤다. 근처에 있던 나무 들이 회오리에 스치자마자 우수수 떨어졌고 운 나쁘게 지나 가던 새들 역시 떨어졌다. 무엇이든 걸려든 것은 산산이 부수 는 회오리가 한동안 주변을 초토화하다가 곧 커진 속도만큼 이나 빠르게 사그라들어 이안의 발아래로 사라졌다.

"능력은 이렇게 쓰는 거야."

이안이 일순 한산해진 주위를 둘러보며 말했다. 기세 좋게 달려들었던 원기, 순동, 하늬, 하준은 회오리에 휘말려 뼈 한 줌 추리지 못한 채 증발했고, 멀찍이서 방어 태세를 갖추고 있던 희라만이 유일하게 살아남아 가쁜 숨을 몰아쉬고 있었다.

"허억, 허억."

희라가 온몸을 부들부들 떨며 핏발 선 눈으로 이안을 보았다. 이안은 눈앞에서 온 가족을 잃은 희라의 고통을 조금이라도 빨리 덜어 주기 위해 서둘러 손을 들어 작은 바람 창을 만들었다. 바로 그때, 희라가 거친 호흡과 함께 한마디를 뱉었다.

"이렇게 쓰는 거였어?"

"응?"

이해할 수 없는 희라의 말에 이안이 고개를 갸웃했다. 하지만 의문은 오래가지 않았다. 곧바로 희라의 후방에 있던 나무 뒤에서 증발했던 원기, 순동, 하늬, 하준이 차례로 나왔기 때문이다. 회오리가 그들을 덮치기 직전, 본능적으로 있는 힘껏 입김을 불어서 가족들 앞에 거대한 방어벽을 만들어 낸 희라가 자신의 등 뒤로 고갯짓을 하여 겨우 목숨을 부지한 가족들을 뒤에 숨기고 방어벽을 유지했던 것이다.

급박한 상황에서 자신도 모르게 각성해 온 가족을 지켜 낸 희라는 거칠게 호흡하면서 뿌듯한 얼굴을 했다. 그 모습을 보며 이안이 미간을 찌푸렸다.

"매번 아줌마가 문제네."

"몰랐어? 원래 배씨 가족은 이 양 씨인 내가 반평생을 지켜 왔다고."

"그럼 아줌마를 먼저 없애야겠네."

이안이 기왕에 만들어 둔 바람 창을 빠르게 희라를 향해 날렸다. 하지만 그보다 빨리 원기가 움직였다. 희라의 각성을 보고 뭔가를 깨달은 원기는 바람보다 먼저 움직여 허공에서 킥으로 바람의 진로를 바꿨다. 그리고 곧장 나무 기둥을 발판 삼아 하늘 높이 올라가 상공에서 이안을 향해 킥을 날렸다. 이때 공격을 감지한 이안이 원기를 정조준하여 톱날바퀴 바람 을 쏘았다. 그런데 그 순간 휘릭. 원기가 허공에서 사라졌다.

"뭐야? 순간 이동이야?"

놀란 가족들이 외쳤는데, 실제로 순간 이동은 아니었고 허 공에서 다른 허공으로 순식간에 이동한 원기가 이안의 뒤에 서 나타나 킥을 날린 거였다. 예상 못 한 방향에서 날아온 공 격에 대비하지 못한 이안은 속수무책으로 걷어차여 앞으로 고꾸라졌다.

"이런, 씨발."

오랜만에 느끼는 생경한 아픔에 열받은 이안은 다시금 주 변에 회오리바람을 일으켰다. 그런데 바로 그때.

"으아아아!"

괴성과 함께 폭풍의 눈 안으로 불청객이 쳐들어왔다. 온몸이 바위처럼 딱딱하게 굳은 순동이 칼날 같은 바람을 막무가 내로 뚫고 들어와 주먹을 휘둘렀다. 으아아아! 그의 무쇠 주먹에 얼굴을 강타당한 이안은 신음을 뱉으며 저만치 날아갔다. 으윽…. 그 순간, 회오리가 잦아들고 주위에 고요가 찾아왔다. 멀뚱히 선 순동은 놀란 눈으로 자신의 몸을 매만졌다.

"이게 각성이란 말이지?"

그 말이 끝나기 무섭게 어디선가 푸득푸득 낯선 소리가 들려왔다. 가족들은 일제히 소리가 나는 하늘로 고개를 돌렸다. 그러자 저 멀리서 몰려오는 먹구름이 보였다.

"저건 또 뭐야?"

가족들은 눈을 가늘게 뜨고 빠른 속도로 다가오는 먹구름을 보았다. 그리고 곧 그것이 구름이 아닌 박쥐 떼란 사실을 깨달았다. 그때 어느샌가 땅바닥에 가부좌를 틀고 앉아 동굴 깊이 있는 박쥐들에게 초음파를 보내고 있던 하준이 눈을 번쩍 떴다. 그는 입술을 좀 더 열어 허공에 초음파를 쏘았다. 공격 신호를 받은 박쥐들이 매섭게 이안에게 달려들었다.

푸득푸득.

열이 오를 대로 오른 이안은 팔을 거칠게 휘두르며 작은 돌풍을 휘날렸다.

"저리 안 꺼져!"

하지만 박쥐들은 숫자로 밀어붙여 기어이 이안을 휘감고 그의 온몸을 할퀴고 물었다. 이 때문에 자잘한 상처를 간뜩 입은 이안은 뒷걸음질을 치며 물러났다. 그리고 의기양양한 표정으로 자신을 지켜보는 배씨 가족을 사납게 노려보았다. 더는 안 당한다는 듯, 감히 누구 앞길을 막냐는 듯. 바로 그 순간, 갑자기 땅이 흔들리고 굉음이 들려오기 시작했다.

쿠구구.

동시에 이안의 등 뒤로 수리검 모양의 바람이 잔뜩 솟아올랐다. 이를 본 가족들은 심상찮은 조짐을 감지하고 표정을 굳혔다. 하지만 도망가진 않았다. 어차피 갈 곳도 없었다. 살아도 같이 살고 죽어도 같이 죽자고 각오하고 온 만큼 각자 선 자리를 지킬 뿐이었다. 물론 각오라면 이안도 못지않았다. 인류의 위대한 도약을 위해 일가족을 짓밟는 일쯤이야 어쩔 수 없다고 여기는 그는 아무 거리낌 없이 한 손을 들어 올렸다.

"이제 진짜 끝이야."

단 한 번 까딱하여 이안은 수천 개의 수리검 바람을 배씨 가족에게 날려 보냈다. 바로 그때, 적기를 기다리고 있던 가족들의 마지막 카드가 발동했다.

손위 가족들이 능력을 각성하는 동안, 자신이 해야 할 일을 깨달은 하늬는 진즉에 무수한 꽃가루 입자를 하늘로 보내 상공에 거대한 꽃 모양의 꽃가루 폭탄을 만들어 두었다. 그리고 이안이 수리검 바람을 날리는 순간 밀도 높은 꽃가루 폭탄을 투하했다.

쌔애애앵.

지상 3미터에서 만난 꽃가루 폭탄과 수리검 바람이 서로 뒤엉키며 흡사 분홍색 바람개비처럼 허공에서 맴돌았다. 그러다 점차 상대적으로 무거운 꽃가루가 바람을 집어삼키기 시작했다. 거대한 꽃잎 모양 가루들이 수리검 바람을 끌고 중심으로 모이며 처음 바람이 시작된 지점에, 그러니까 이안의 머리 위에 차르르 떨어졌다. 당연하게도 이안이 쏘아 올렸던 바람들도 모두 그를 휘갈겨 갈갈이 찢었다.

"아아아아악!"

분홍색 토네이도 안에서 한동안 소름 끼치는 절규가 흘러나왔다. 이윽고 점점 소리가 잦아들더니 기세 꺾인 바람이 연분홍 안개처럼 흩어졌다. 방금 전까지 이안이 서 있던 자리에 남은 거라곤 반짝이는 꽃가루와 살랑이는 바람과 무수한 선혈뿐이었다.

"끝난 거냐?"

원기가 믿기지 않는다는 표정으로 말했다.

"그런 거 같은데요. 싸울 상대가 사라졌으니까."

하늬가 붉게 물든 대지를 얼떨떨하게 보며 답했다. 바로 그때, 넋을 놓은 가족들 사이에서 가장 먼저 정신을 차린 한 사람이 자신의 존재를 알렸다. 언제나 자신은 이미 죽었다고 주장해 오던 미나가 숨어 있던 나무 뒤에서 튀어나와 이렇게 외쳤다.

"아오, 죽는 줄 알았네!"

그리고 서둘러 병원 쪽으로 뛰어갔다. 가족들은 멀어지는 미나의 뒷모습을 보며 서서히 현실감을 되찾았다. 그리고 자신들이 하룻밤 새 많은 일을, 그러니까 어쩌면 수많은 사람들의 희생을 불러왔을지도 모르는 무수한 일을 막았단 사실을 실감하고 서로를 봤다. 하나같이 피와 땀에 젖어 꼴이 엉망이었다. 하지만 멀쩡하게 두 발로 서 있었다. 그 모습을 똑똑히 눈에 담은 가족들은 일제히 입꼬리를 올렸다.

나란히 서서 활짝 웃는 배씨 가족의 머리 위로 어제와 다르지 않은 해가 떠올랐다. 평범한 해가 숲속 어둠을 걷고 대지를 환히 밝혔다.

에필로그:
새로운 미션을 향해

따사로운 햇살이 가득한 화실에서 풍성한 원피스를 입은 원숙이 다과를 준비했다. 값비싼 쟁반 위에 갖가지 간식을 깔며 그녀는 생각했다. 1년 전, 동생 일가의 부고를 들었을 때를. 한밤중에 경찰이 찾아와 동생 일가가 탄 택시가 사고로 전소되어 누구의 시체도 남지 않았단 소식을 전했을 때, 그녀는 거의 기절할 뻔했다. 하지만 겨우 정신을 붙들고 장례를 치렀다. 하지만 그로부터 1년 뒤, 죽은 동생이 전화해서 "안녕, 누나. 잘 지냈어?"라고 말했을 땐 정말로 기절하고 말았다. 일생을 파란만장하게 살아온 그녀로서도 죽은 가족의 부활은 충격 그 자체일 수밖에 없었다. 정작 충격을 만들어 낸 가족들은 천하태평으로 교통사고는 뭔 소리인지 모르겠고 본인들은 복권에 당첨되어 긴 여행을 다녀왔다고 말했지만.

공식적으로 긴 여행에서 돌아온 것으로 되어 있는 배씨 가족은 원숙이 다과 준비를 막 끝낸 시점에 맞춰 화실에 등장했다. 문을 열기 전부터 와자지껄한 소리로 자신들의 존재감을 알리더니 곧 문을 박차고 줄줄이 들어왔다. 하나같이 신수가 훤한 얼굴들이었다. 원숙은 왜 복권 당첨 사실을 자신에게까지 비밀로 하고 떠났는지 따질 작정이었으나, 막상 가족들의 얼굴을 보니 반가움에 서운함이 누그러져서 그냥 환대해 주었다. 그렇게 오랜만에 다시 만난 여섯 식구는 한 테이블에 둘러앉아 1년 만에 회포를 풀었다.

"그동안 어딜 놀러 다녔어?"

당연하게도 원숙은 가족들의 여행에 대해 물었다. 그런데 이상하게 가족들은 우물쭈물 대답을 미뤘다. 어느 호텔에 묵었냐, 뭘 먹어 봤냐, 서로 싸우지는 않았냐, 이어지는 다음 질문에도 뭐 하나 신통하게 답하는 것이 없었다. 그도 그럴 것이 여행은 무슨. 지난 1년 동안 정신병원에만 처박혀 있었으니 당연한 노릇이었다. 가족들은 어색한 미소로 답변을 대신했다. 동시에 정신병원에서 보낸 마지막 순간을 떠올렸다.

불과 며칠 전, 목숨을 건 싸움에서 승리를 쟁취한 배씨 가족은 숲 한복판에서 환희에 찬 아침을 맞았다. 그리고 승전을 자축하며 당당하게 병원으로 돌아갔다. 그러니까 숲으로 가기 전에 이안과 게릴라전을 펼치며 1층부터 5층까지 전쟁터로 만들어 둔 병원으로 말이다.

로비에 발을 들였을 때 가족들의 시야에 가장 먼저 들어온 건 박살 난 샹들리에와 반쪽이 된 그랜드피아노였다. 그제야 뒤늦게 자신들의 만행을 떠올린 가족들은 만면에 가득했던 웃음을 거두고 표정이 어두워졌다.

"이걸 다 어떡하지?"

각성한 초능력으로도 해결할 수 없는 문제에 가족들은 잠시 넋을 놓았다. 그러다 이내 해결할 의지 역시 놓았다.

"도망가자. 동의하냐?"

원기가 빠르게 투표를 시행했다. 다른 가족들이 일제히 손을 들어 올렸다. 순식간에 뜻을 모은 이 민주적인 가족은 지체 없이 병원 바깥으로 몸을 돌렸다. 하지만 그 순간, 자신들이 이미 늦었다는 사실을 깨달았다. 열린 문을 통해 막 병원 주인이 들어왔기 때문이다.

"아주 재미난 밤을 보내셨나 보네요."

노 원장이 폐허가 된 로비를 둘러보며 말했다. 그리고 해도 해도 너무했단 듯 고개를 절레절레 흔들며 중얼댔다.

"이거 아무래도 수리비를 받아야겠는데요."

가볍게 던진 그 말에 배씨 가족은 일제히 사색이 됐다. 얘기가 이렇게 전개되면 힘들게 살아남은 이유가 없잖아? 가족들은 참담한 심정으로 자신들이 지금 막 세상을 구한 참이니 정상참작을 바란다고 설명하려 했다. 그런데 그때, 갑자기 원장이 고개를 뒤로 돌렸다. 그러자 그의 시선 끝에 한 여자가 등장했다.

"비밀의 대가라면 마땅히 드려야죠."

하이힐을 또각거리며 등장한 중년 여자는 여유롭게 청구를 받아들였다. 그리고 배씨 가족을 향해 방긋 웃으며 자기소개를 했다.

"처음 뵙겠습니다. 저는 5.5과 팀장 유미솔입니다."

뜻밖의 소개를 들은 배씨 가족은 자신들도 모르게 인상을 구겼다. 방금 어디 팀장이라고 했어? 겨우 5과에서 벗어났는데 5.5과라고?

가족들은 지겨워 죽겠다는 표정을 숨기지 않고 미솔을 보았다. 그러자 적대적인 분위기를 눈치챈 미솔이 손사래를 쳤다. 자신은 도움을 주러 왔을 뿐 곤란하게 만들려고 온 게 아니니 경계 말라며 분위기를 풀었다.

"5.5과는 5과와 같은 유령기구지만 5과와는 달라요. 뭐랄까? 더 진화했거든요."

미솔은 노골적인 자부심을 드러내며 눈웃음을 쳤다. 그리고 실례가 안 된다면 자신이 뒤를 봐주겠다고 했다. 그렇게 말해 준다면야, 어차피 뒤처리를 할 자신이 없었던 가족들로선 굳이 거절할 이유가 없었다. 그들은 제발 좀 그래 달라며 기꺼이 병원 사후 처리 문제를 맡겼다. 나아가 자신들의 거취 문제도 부탁했다. 그리하여 단 며칠 만에, 공식적인 사망 신고 기록을 지우고 죽은 것으로 되어 있던 기간을 여행 중이었던 것으로 탈바꿈하여 1년 전과 다름없는 일상으로 뻔뻔하게 돌아올 수 있었다.

"뭐가 됐든 이제 다 지난 일이야."

문득 정신을 차린 원기가 이렇게 말하며 원숙의 끊임없는 질문을 끊었다. 그리고 당첨금은 이미 모조리 써 버렸으니 새롭게 취직해 새 삶을 살 거라고 덧붙였다.

"그래, 뭐. 좋은 추억을 남겨 왔음 됐다."

드디어 여행 이야기에 흥미를 잃은 원숙이 어깨를 으쓱하며 대꾸했다. 그제야 어떻게든 원숙과 눈을 마주치지 않으려고 애쓰던 순동이 불현듯 생각난 것처럼 말했다.

"참 고모, 그런데 전에 샀던 복권은 어떻게 되셨어요?"

그 말에 흥미가 동한 희라가 함께 관심을 가졌다. 그거 사려다가 교통사고까지 났는데, 잘됐냐고 말이다. 그러자 원숙이 대수롭잖게 답했다.

"아, 그거. 꽝이었어."

그 순간 혹시나 했던 하늬와 하준이 실망하여 대꾸했다. 고모할머니가 당첨됐으면 누구보다 잘 썼을 텐데 아쉽다고. 하지만 원숙은 전혀 아쉽지 않은 얼굴로 말했다.

"그거 모를 일이지. 나보다 잘 쓸 사람이 당첨됐을 수도 있으니까. 누가 알겠냐. 어느 평범한 인간이 일확천금을 얻고서 남은 인생을 쫄딱 말아먹을지 남의 인생까지 활짝 펴 줄지."

원숙은 집안의 자랑인 건치로 바사삭 과자를 깨부수며 말했다.

"다 자기 마음먹기 달린 거야."

다홍빛으로 물든 하늘 아래, 꼬불거리는 흙길 위로 낡은 택시가 지나갔다. 원숙과 오랜 회포를 푼 배씨 가족이 집으로 돌아갈 즈음 막 해가 저물기 시작했다. 가족들은 각기 창밖에 시선을 두고 붉은 능선을 눈에 담았다. 그리고 거의 동시에 저 어딘가에서 뛰놀고 있을 신묘한 짐승을 떠올렸다. 잘 지내고 있겠지? 한낱 인간이 이런 걱정을 해 줄 필요가 있을까 싶으면서도 울창한 산천을 보면 어쩐지 녀석의 안부가 궁금해졌다.

물론 안부를 묻고 싶은 존재가 그 짐승만은 아니었다. 못지않게 지난 1년간 미운 정 고운 정이 든 병원 사람들 근황도 궁금했다. 특별히 미솔에게서 상당한 액수의 수리비를 뜯어낸 뒤 갑자기 자취를 감춘 노 원장의 소식이 가장 알고 싶었다.

일찍이 자신의 의학적 호기심을 충족하고자 기상천외한 병원을 세웠던 그는 5과의 간섭이 도를 넘는다고 판단되었을 무렵 감추고 있던 정치력을 발휘했다. 5과보다 규모는 작지만 견제 세력으로서 존재하는 5.5과를 찾아가 새롭게 손을 잡자고 제안했다. 그리고 그 자리에서 뜻밖의 이야기를 들었다. 자신의 병원에 전직 초능력자 요원들이 대거 있었단 사실을 말이다. 당연하게도 처음에 노 원장은 그 말을 믿지 않았다. 말도 안 되는 얘기를 뻔뻔히 하는 미솔을 자신의 또 다른 환자라고 여겼을 뿐이다. 하지만 먼 발치에서 숲속 전투를 지켜본 이후 생각이 달라졌다. 오랜 고정관념을 과감히 타파하고 중증 희귀병 환자들에게 쏟아붓고 있던 진심을 초능력자들에게 돌렸다. 일평생 남다른 호기심을 채우기 위해서라면 수단과 방법을 가리지 않았던 그는 지금 어디에서 뭘 하고 있을까? 배씨 가족은 짐작도 할 수 없었다. 이는 정보의 보고인 5.5과 역시 마찬가지였다.

어느 날 훌쩍 사라진 노 원장이 방치한 정신병원은 자연스럽게 미솔이 이어받았다. 그녀는 한위의 비호 아래 불법적으로 장기 입원되어 있던 환자들에게 자율권을 주었다. 남을 사람은 남고, 떠날 사람은 떠나라고. 그러자 반은 남고 반은 떠났다. 떠난 이들 중에는 재우, 정희, 아름이 있었다.

배씨 가족은 그들에 대해서도 종종 생각했다. 특히나 하준은 아름을 많이 떠올렸다. 그리고 언젠가 그녀를 다시 만나면 꼭 물어보리라 다짐했다. 그러니까 그 밤 아름이 맺지 못한 말에 대해. "서이안이 사라지면 많은 게 달라질지 모르니까. 어쩌면 말이야." 그다음에 하려던 말이 혹시 네가 전에 나에게 했던 예언이 바뀔 수 있단 것이었냐고. 아름의 저주대로 이안이 해를 보지 못한 채 죽고 자신은 달을 넘겨서도 살아남자, 언젠가부터 그의 마음속에 이런 의혹이 생겨났기 때문이다.

'어쩌면 그날, 전부 꽝인 줄 알았던 세 사람 중 사실 한 사람 정도는…….'

바로 그때, 갑자기 택시 안 콜이 울렸다.

그 소리는 각기 다른 생각에 잠겨 있던 가족들을 일제히 현실로 돌려놓았다. 순동이 콜을 누르자 스피커에서 연락책의 목소리가 흘러나왔다. 주시 중이던 밀렵꾼 일당이 내일 활동을 개시할 것 같으니 대책 회의를 위해 지금 본부로 오라고 말이다. 이를 들은 가족들은 곧바로 주머니에서 사원증을 꺼내 목에 맸다. 5과에서 5.5과로 이직하고 비정규 요원에서 정규 요원으로 승진한 뒤 처음으로 하는 출동 준비였다.

배씨 가족이 언제까지 국정원 스파이로 활동할 수 있을까? 그건 아무도 몰랐다. 그들 자신도 몰랐다. 하지만 한 가족이 갖기에 지나치게 특별한 능력을 지니고 있는 이상 그들 자신의 이익을 넘어선 일을 해 보자고 이미 마음먹은 가족들은 기꺼이 길을 나서기로 했다. 붉은 하늘을 등진 채 낡은 택시에 옹기종기 앉아 다 같이 본부를 향해 달려갔다.

작가의 말

먼 여행지에서 식사를 하다 우연히 옆 테이블을 보았을 때, 처음 보는 여행객과 눈이 마주치고 그에게서 다정한 미소를 받으면 기분이 좋아집니다. 그에 대해 아무것도 몰라도, 그와 다시는 마주치지 못해도 상관없습니다. 인생에 딱 한 번 스쳐 지나가는 순간, 그 여행객을 만나기 전보다 만난 뒤에 제 마음이 더 따스하고 풍요로워졌으면 그만입니다.

《스타더스트 패밀리》를 세상에 내놓으며, 저는 이 책이 여러분께 그런 미소처럼 여겨졌으면 합니다. 오래 기억되지 않아도 좋고, 거창한 의미를 전하지 못해도 좋습니다. 누군가의 아픔을 치유해 주거나, 사회발전에 유의미한 논쟁을 불러일으키거나, 대대로 보존되고 전해지지 않아도 괜찮습니다. 단지 이 책을 집은 여러분의 마음이 책을 펼치기 전보다 덮었을 때, 좀 더 유쾌하고 즐겁고 명랑해졌기를 희망할 뿐입니다.

나아가 한 가지 더 바람이 있다면 이 책을 덮은 여러분의 마음속에 지금 당장 떠오르는 누군가가 있었으면 합니다. 어느 날 갑자기 원치 않던 초능력이 생겨서 인생이 롤러코스터를 타는 와중에도 절대로 손을 놓을 수 없는 사람. 무슨 일이 생기든 함께 헤쳐 나가고 지켜 내고 싶은 소중한 사람이 말입니다. 그 사람은 가족일 수도, 아닐 수도 있습니다. 누가 됐든 그런 사람을 곁에 두었다면 매일을 씩씩하고 떳떳하게 살아갈 용기가 생기기에. 여러분의 삶에 의미를 더해 주는 누군가를 생각하며 오늘도 힘내시길, 만일 아직 떠오르는 이가 없다면 머잖아 생기리라 믿고 희망찬 미래를 꿈꿔 주시길 소망합니다.

사람은 혼자서 할 수 있는 일이 거의 없습니다. 물론 한 권의 책을 내는 일도 마찬가지입니다. 이 책이 나오기까지 많은 분들의 도움을 받았는데, 특별히 두 스토리 PD님의 공이 컸습니다. 지난여름 처음으로 '초능력을 쓰는 일가족의 활극'을 그려 달란 제안을 받고 여러 장면을 활자화하는 과정에서 고민이 많았는데, 긴 기간 동안 두 분께서 격려와 조언을 아끼지 않아 주신 덕에 무사히 작업을 마칠 수 있었습니다. 이 지면을 빌려 특별히 로빈과 테오 PD님께 감사를 전합니다. 또한 출판까지 힘써 주신 '안전가옥'의 전 직원들께 감사드립니다. 그리고 마지막으로 제 곁에 있는 가장 소중한 사람들. 존재만으로 저를 지켜 주고 제가 가슴 펴고 멋지게 살아가야 할 이유를 만들어 주는 우리 가족들에게 사랑을 보냅니다.

　지금까지 함께 엿본 배씨 가족의 여정은 여기서 끝이 났습니다. 하지만 소중한 사람들과 함께하는 여러분의 일상은 오래도록 지속되며 가슴 뛰는 일들로 가득하길 기원합니다.

프로듀서의 말

《스타더스트 패밀리》는 보이지 않는 곳에서 악당들을 물리치는 슈퍼히어로 가족의 판타지 활극입니다. 막가파 스타일의 꼰대이자 아파트 경비원인 할아버지, 평소에는 겁이 많지만 결정적인 순간에는 한 방이 있는 요양사 어머니, 매사에 의욕적이지만 허당인 택시 기사 아버지, 충동적인 기질의 유튜버 아들, 전투적인 리더이자 집안의 브레인인 (사업 준비 중인) 백수 딸까지.

이들은 저마다 나름대로 자기 인생을 열심히 살고 꼭 필요한 일을 하고 있지만, 세상의 눈으로 보기에는 그저 사소한 존재, 흔한 소시민으로 분류될 뿐입니다. 부자가 아닌 데다 주목받거나 박수 받는 일을 하는 것도 아니니까요. 하지만 이들은 다른 생명을 사소하게 여기지 않습니다. 그래서 '능력'을 준 동물이 해를 입지 않도록 어쩌다 얻은 초능력에 대해 입도 뻥긋하지 않습니다. 이렇게 몸 사리던 초능력 가족이 뜻하지 않게 권력자들의 싸움에 휘말리고 악의를 선의로 둔갑한 악당을 물리치면서 진짜 슈퍼히어로가 됩니다.

《스타더스트 패밀리》는 우주의 먼지 같은 가족이 빛나는 슈퍼히어로가 되기까지의 활극을 흥미진진하게 펼치지만, 그러면서도 독자에게 불쾌한 불안감을 주지 않습니다. 어떤 인물도 모욕적으로 그리지 않기 때문입니다. 이건 안세화 작가님의 작품이기 때문에 그렇습니다.

안세화 작가님은 '2021년 한국예술종합학교 시나리오 졸업작품집'에 있는 작가님의 졸업 시나리오를 통해 만나 뵙게 됐습니다. 전작 《남매의 탄생》에서 느꼈던 작가님의 재기발랄함과 따뜻한 휴머니즘을 장르소설로 완성해 보고자 했고, 여러 작품을 하느라 바쁜 와중에도 새로운 도전에 열린 마음으로 임해 주신 작가님 덕분에 수월하게 작품이 완성됐습니다. 소설, 드라마, 영화를 넘나들며 다양한 장르에 도전하는 작가님의 성실한 올곧음이 앞으로도 힘차게 펼쳐지길 응원하고 기대합니다.

뻔한 것 같지만 언제나 재밌게 볼 수 있는 이야기,

작고 시시해 보이지만 소중하게 빛나는 가치에 대한 이야기가 독자 여러분께 즐거움을 드릴 수 있길 바랍니다.

안전가옥 스토리 PD

반소현 드림

스타더스트
패밀리

1판 1쇄 발행 2022년 11월 28일

지은이 안세화

기획 안전가옥
콘텐츠 총괄 이지향
프로듀서 반소현, 윤성훈
            고혜원, 김보희, 신지민, 이은진,
            임미나, 조우리, 황찬주
퍼블리싱 박혜신, 임수빈
편집 남다름
디자인 박연미
경영전략 나현호
서비스 디자인 김보영
비즈니스 이기훈
경영지원 홍연화

펴낸이 김홍익
펴낸곳 안전가옥
출판등록 제2018-000005호
주소 04779 서울특별시 성동구 뚝섬로1나길 5,
        헤이그라운드 성수 시작점 201호
대표전화 (02) 461-0601
전자우편 marketing@safehouse.kr
홈페이지 safehouse.kr

ISBN 979-11-91193-73-2 (03810)